MÁS QUE UN SECRETO

Kate Hewitt

HARLEQUIN™

Editado por Harlequin Ibérica.
Una división de HarperCollins Ibérica, S.A.
Núñez de Balboa, 56
28001 Madrid

© 2018 Kate Hewitt
© 2019 Harlequin Ibérica, una división de HarperCollins Ibérica, S.A.
Más que un secreto, n.º 2700 - 15.5.19
Título original: The Secret Kept from the Italian
Publicada originalmente por Harlequin Enterprises, Ltd.

I.S.B.N.: 978-84-1307-734-5
Depósito legal: M-10317-2019
Impresión en CPI (Barcelona)
Fecha impresion para Argentina: 11.11.19
Distribuidor exclusivo para España: LOGISTA
Distribuidor para México: Distibuidora Intermex, S.A. de C.V.
Distribuidores para Argentina: Interior, DGP, S.A. Alvarado 2118.
Cap. Fed./Buenos Aires y Gran Buenos Aires, VACCARO HNOS.

MIXTO
Papel procedente de fuentes responsables
FSC® C108412

Este libro ha sido impreso con papel procedente de fuentes certificadas según el estándar FSC, para asegurar una gestión responsable de los bosques.

Capítulo 1

LA PLANTA treinta y dos del edificio de oficinas estaba completamente a oscuras mientras Maisie Dobson empujaba el carrito de limpieza por el pasillo, el chirrido de las ruedas era el único sonido en el fantasmal edificio. Después de seis meses limpiando allí debería estar acostumbrada, pero seguía asustándola un poco. Aunque había una docena de limpiadoras en el edificio, cada una trabajaba en una planta, con todos los despachos silenciosos y oscuros y las luces de Manhattan colándose por los ventanales.

Eran las dos de la mañana y estaba agotada. Tenía una clase de violín a las nueve de la mañana y temía quedarse dormida. Ese había sido siempre su sueño, la Escuela de Música, no ser limpiadora. Pero para conseguir lo segundo necesitaba lo primero, y no le importaba. Estaba acostumbrada a trabajar mucho para conseguir lo que quería.

Se detuvo al ver luz en un despacho al final del pasillo. Alguien se había dejado la luz encendida, pensó. Y, sin embargo, sintió cierta inquietud. A las once, cuando llegaba el equipo de limpieza, el rascacielos de Manhattan estaba siempre completamente a oscuras. Maisie, nerviosa, siguió empujando el carrito, el chirrido de las ruedas producía un estrépito en el silencioso pasillo.

«No seas tan cobarde», se regañó a sí misma. «No tienes nada que temer. Solo es una luz encendida, nada más».

Detuvo el carrito frente a la puerta y luego, tomando aire, asomó la cabeza en el despacho… y vio a un hombre.

Maisie se quedó inmóvil. No era el típico ejecutivo grueso que se había quedado a trabajar unas horas más. No, aquel hombre era… su mente empezó a dar vueltas, intentando encontrar las palabras para describirlo. Desde luego, era guapísimo. El pelo oscuro caía sobre su frente y sus cejas arqueadas. Tenía un rictus torcido, contrariado, mientras miraba el vaso medio vacío de whisky que colgaba de sus largos dedos.

No llevaba corbata y los dos primeros botones de su camisa estaban desabrochados, dejando ver un torso moreno entre los pliegues. Exudaba carisma, poder, tanto que Maisie había dado un paso adelante sin darse cuenta.

Entonces él levantó la mirada y un par de penetrantes ojos azules la dejaron clavada al suelo.

–Vaya, hola –murmuró, esbozando una sonrisa torcida. Su voz era baja, ronca, con algo de acento–. ¿Cómo estás en esta noche tan agradable?

Maisie se habría sentido alarmada, incluso asustada, pero en ese momento vio un brillo de angustia en sus ojos, en las duras líneas de su rostro.

–Estoy bien –respondió, mirando la botella de whisky casi vacía que había sobre el escritorio–. Pero creo que la cuestión es cómo estás tú.

El hombre inclinó a un lado la cabeza, con el vaso a punto de resbalar de sus dedos.

–¿Cómo estoy? Es una buena pregunta. Sí, una muy buena pregunta.

–¿Ah, sí?

La intensidad de su angustia hizo que a Maisie le diese un vuelco el corazón. Siempre había tenido mucho amor que dar, y muy poca gente a la que dárselo. Su hermano, Max, había sido el principal receptor, pero ahora era independiente y quería vivir su vida. Y eso era bueno. Por supuesto que sí. Tenía que repetírselo todos los días.

–Sí, lo es –respondió el hombre, incorporándose un poco–. Porque debería estar bien, ¿no? Debería estar estupendamente.

Maisie se cruzó de brazos.

–¿Y por qué deberías estar bien? –le preguntó, intrigada.

¿Quién era aquel hombre? Llevaba seis meses limpiando la oficina y nunca lo había visto. Claro que no había visto a muchos de los empleados porque llegaba tarde. Sin embargo, tenía la sensación de que aquel despacho, pequeño, en una planta media de un edificio anónimo, no era su sitio. Parecía… diferente, demasiado poderoso y carismático. Incluso borracho, resultaba encantador y atractivo. Pero, aparte del carisma sexual, aquel hombre transpiraba un dolor que la hizo recordar el suyo propio, su propia pena.

–¿Por qué debería estar estupendamente? –el hombre enarcó una oscura ceja–. Por muchas razones. Soy rico, poderoso, en la cima de mi carrera y puedo tener a cualquier mujer. Tengo casas en Milán, Londres y Creta. Y un yate de cuarenta pies de eslora, un avión privado… –levantó la cabeza para mirarla con esos sardónicos ojos azules–. ¿Quieres que siga?

–No –respondió Maisie, intimidada por la impresionante lista. Aquel no era su sitio, pensó. Debería estar en la última planta, con el presidente y los vice-presidentes de la empresa, o tener una planta para él solo. ¿Quién sería?, se preguntó–. Pero he vivido lo suficiente como para saber que esas cosas no dan la felicidad.

–¿Has vivido lo suficiente? –repitió él, mirándola con interés–. Pero si pareces una estudiante.

–Tengo veinticuatro años –dijo Maisie, poniéndose digna–. Y soy una estudiante. Limpio oficinas para pagarme los estudios.

–Es de noche, ¿verdad? –murmuró el desconocido, volviéndose para mirar las luces del edificio Chrysler–. Una noche oscura y fría.

Maisie sintió cierta aprensión. Sabía que no estaba hablando del tiempo.

–¿Por qué estás aquí, bebiendo solo en un edificio vacío?

Él siguió mirando el cielo oscuro durante unos segundos y luego se volvió hacia ella con una sonrisa en los labios.

–Pero el edificio no está vacío. ¿Por qué voy a beber solo? –le preguntó, dejando el vaso sobre el escritorio y empujándolo hacia ella.

–No puedo –dijo Maisie, dando un paso atrás–. Estoy trabajando.

–¿Trabajando?

–Limpio estas oficinas. Este es el último despacho de la planta.

–Y ya casi has terminado.

Así era, pero daba igual. Eran casi las tres de la madrugada y tenía que ir a clase al día siguiente.

–Aun así, no puedo beber alcohol. Y debería seguir limpiando…

Él señaló alrededor: un escritorio, un par de sillas y un sofá de piel apoyado contra la pared.

–No creo que haya mucho que limpiar.

–Tengo que vaciar la papelera, pasar la aspiradora…

Por alguna extraña razón, Maisie se puso colorada.

–Entonces, deja que te ayude –se ofreció el desconocido–. Y luego tomaremos una copa.

–No, yo…

–¿Por qué no?

El hombre se levantó de la silla con sorprendente equilibrio, considerando que debía de haberse bebido casi toda la botella de whisky, y tomó del carro un trapo y un bote de detergente. Luego apartó los papeles del escritorio y se puso a limpiar mientras Maisie lo miraba, atónita. Nunca le había pasado algo así. Alguna vez se había encontrado a un empleado que trabajaba hasta muy tarde. En general, le permitían limpiar mientras seguían trabajando, suspirando de cuando en cuando para dejar claro que era una molestia.

El hombre había terminado de limpiar el escritorio y estaba limpiando la mesa de café que había delante del sofá.

–¿No vas a ayudarme? Estoy empezando a pensar que eres una holgazana –bromeó.

–¿Quién eres? –le preguntó ella.

–Antonio Rossi –respondió él, tomando la papelera y vaciándola en el cubo del carrito–. ¿Y tú quién eres?

–Maisie.

–Encantado de conocerte, Maisie –dijo él, señalando la aspiradora–. Solo queda pasar la aspiradora y luego podremos tomar una copa.

Era preciosa, pensó Antonio. Maisie, había dicho que se llamaba. Parecía sorprendida por su actitud y también él estaba un poco sorprendido.

Le gustaba Maisie, con sus rizos pelirrojos, sus grandes ojos verdes y esa figura voluptuosa parcialmente escondida bajo la bata azul del uniforme. Quería tomar una copa con ella. Necesitaba olvidar y, con los años, había descubierto que el alcohol era la mejor manera de hacerlo. El alcohol o el sexo.

Antonio, impaciente, le quitó la aspiradora de la mano y ella dio un respingo. Sus rizos saltaron alrededor del bonito rostro ovalado. Tenía pecas en la nariz, como un polvillo dorado.

—Yo lo haré —le dijo. Y empezó a pasar la aspiradora por el despacho. El ruido rompía el silencio, que se volvió atronador cuando la apagó.

Maisie lo miraba, perpleja, y él no estaba tan borracho como para no sentirse culpable por seducir a una limpiadora en un edificio vacío en medio de la noche. Pero ella aceptaría o se daría la vuelta, de modo que no tenía por qué sentirse culpable. Ya tenía suficientes pecados que expiar.

Además, tal vez no se saldría con la suya. Tal vez ella estaba casada o tenía novio. Aunque no creía estarse imaginando la chispa que había visto en sus ojos. Solo para poner a prueba esa teoría, rozó sus dedos mientras dejaba la aspiradora y vio que sus pupilas se dilataban. Sí, la chispa estaba ahí. Definitivamente, estaba ahí.

—Bueno, entonces, ¿tomamos esa copa?

—No debería…

Antonio sacó otro vaso del cajón del escritorio y sirvió una generosa medida de whisky.

—«No debería» es una expresión tan aburrida, ¿no te parece? No deberíamos dejar que un «no debería» dictaminase nuestras vidas.

—¿Eso no es una contradicción?

Él se rio, encantado por su ingenio.

–Exactamente –respondió mientras le ofrecía el vaso. Ella lo tomó, sin dejar de mirarlo a los ojos.

–¿Por qué estás aquí?

–No sé a qué te refieres –Antonio tomó un sorbo de whisky, disfrutando de la quemazón del alcohol en la garganta, un bienvenido consuelo.

–En este edificio vacío, a estas horas, bebiendo solo.

–Estaba trabajando.

Hasta que los amargos recuerdos empezaron a abrumarlo, como pasaba aquel día cada año. Y tantos otros días si él lo permitía.

–¿Trabajas aquí? –le preguntó ella, incrédula.

–No de forma habitual. Me han contratado para que me encargue de cierta operación.

–¿Qué tipo de operación?

Él vaciló porque, aunque la adquisición era de conocimiento general, no quería alentar rumores. Pero entonces decidió que Maisie seguramente no conocía a ninguno de los empleados, de modo que era inofensiva.

–Me dedico a evaluar los riesgos de una adquisición e intento minimizar las pérdidas y los daños durante el traspaso de poder.

–¿Esta empresa ha sido adquirida por otra?

–Así es. ¿Conoces a alguien que trabaje aquí?

–Solo a las limpiadoras. ¿Nuestros puestos de trabajo están en peligro? –le preguntó ella, sin poder disimular su alarma.

–No, no lo creo. Sea quien sea el propietario, hay que limpiar las oficinas.

–Ah –murmuró ella, dejando escapar un suspiro de alivio–. Me alegro.

–¿Brindamos por eso? –sugirió Antonio–. Los vuestros son de los pocos puestos que no se verán afectados por los cambios.

–Vaya, es una pena.

–Pero no para ti.

–No, ya.

Él levantó su vaso.

–*Cincin*.

Maisie tomó un sorbo de whisky, haciendo una mueca cuando el potente alcohol le quemó la garganta.

–¿Qué significa eso?

–Es un brindis italiano.

–Ah. ¿Eres italiano?

–Así es.

–El whisky es muy fuerte, no estoy acostumbrada.

–Vaya, ahora me siento culpable…

Antonio no terminó la frase. «Culpable». Se sentía culpable por tantas cosas… Cosas que no podía cambiar. Cosas que no olvidaría nunca.

–Yo nunca he estado en Italia. ¿Es bonita?

–Algunas ciudades son preciosas.

Maisie tomó otro sorbo de whisky.

–Sabe a fuego.

–Y quema como el fuego –Antonio se tomó el resto del whisky, saboreando la quemazón, anhelando el olvido. Si cerraba los ojos veía el rostro de su hermano, su sonrisa, sus ojos brillantes, tan joven y despreocupado. Pero si los mantenía cerrados ese rostro cambiaría, se volvería apagado y pálido, el pavimento bajo su cabeza rojo de sangre, aunque nunca había visto a su hermano así. Nunca tuvo oportunidad.

Por eso necesitaba seguir bebiendo. Para poder cerrar los ojos.

–¿Por qué estás aquí? –insistió Maisie, mirándolo con expresión incierta–. Tenías un aspecto tan triste… Tan triste como yo me he sentido muchas veces.

Esa admisión lo sorprendió.

–¿Por qué te sentías triste?

Maisie hizo una mueca.

–Mis padres murieron cuando yo tenía diecinueve años. Cuando te vi, pensé en eso. Parecías… en fin, parecías tan triste como yo me sentí entonces. A veces sigo sintiéndome así.

Su sinceridad lo sorprendió. Más que eso, esa verdad sin adornos lo dejó sin habla. Por fin, encontró las palabras, pero no eran las que había esperado.

–Porque yo también perdí a alguien y estaba pensando en él esta noche.

¿Qué estaba haciendo? Él nunca hablaba de Paolo con nadie y menos con una desconocida. Intentaba no pensar en él, pero siempre lo hacía. Paolo estaba siempre en su cabeza, en su alma. Persiguiéndolo, acusándolo. Haciéndole recordar.

–¿A quién perdiste? –le preguntó ella, con un brillo de compasión en los ojos.

Era tan encantadora… El pelo rojo enmarcaba un rostro ovalado de expresión abierta, acogedora, y sus jugosos labios eran tan tentadores… Quería tomarla entre sus brazos, pero más que eso, quería hablar con ella. Quería contarle la verdad, o al menos la parte de la verdad que podía revelar.

–A mi hermano –respondió en voz baja–. A mi hermano pequeño.

Capítulo 2

AH –MURMURÓ Maisie, mirando a aquel hombre tan apuesto y tan afligido que se le rompía el corazón por él–. Lo siento mucho.

–Gracias.

–Yo también tengo un hermano pequeño y no quiero ni imaginarme…

No podría perder a Max. Él era su única familia, pero ahora que había terminado la carrera vivía su propia vida, exigiendo una independencia que la hacía sentirse a la vez orgullosa y triste. Por fin había llegado la hora de perseguir sus propios sueños, pero a veces era una ocupación muy solitaria.

–Pero perdiste a tus padres –dijo él, metiendo las manos en los bolsillos del pantalón mientras se dirigía hacia la ventana para mirar el cielo–. ¿Cómo ocurrió?

–Un accidente de coche.

Maisie notó que Antonio tensaba los hombros.

–¿Un conductor borracho?

–No, alguien que conducía a demasiada velocidad. Se saltó un semáforo en rojo y chocó de frente con el coche de mis padres –Maisie tomó aire. Cinco años después seguía rompiéndole el corazón. Ya no era una herida abierta, sino más bien una llaga antigua y profunda que siempre sería parte de ella–. El único consuelo es que murieron en el acto.

–Menudo consuelo.

–Al menos es algo –dijo ella. A veces era lo único que tenía–. ¿Cómo murió tu hermano?

Antonio tardó un momento en responder, como si estuviese sopesando lo que iba a decir, debatiendo cuánto podía contarle.

–Del mismo modo –respondió por fin–. Un accidente de coche, como tus padres.

–Lo siento. Es horrible que la irresponsabilidad de alguien pueda provocar la muerte de una persona a la que quieres, ¿verdad?

–Sí –asintió Antonio–. Horrible.

–¿Era alguien que conducía a toda velocidad o…?

–Sí –la interrumpió él, con tono seco–. Alguien que iba a demasiada velocidad.

Maisie se dio cuenta de que no quería hablar de ello.

–Lo siento –repitió, poniendo impulsivamente una mano en su brazo. Llevaba la manga de la camisa doblada hasta el codo y tocó el antebrazo desnudo, la piel caliente y tensa. Sintió un estremecimiento y estuvo a punto de apartar la mano a toda prisa, pero por alguna razón no lo hizo. No podía hacerlo.

Siguieron así, inmóviles, durante unos tensos segundos, hasta que Antonio se dio la vuelta. Maisie vio un brillo en sus penetrantes ojos azules y sintió un torrente de calor, de deseo, que arrasó todo pensamiento racional. Debería disimular, pensó. Solo había querido consolarlo, pero ahora sentía algo completamente diferente. Y abrumador.

Lo miraba conteniendo el aliento, sintiéndose atrapada, pero de un modo maravilloso, excitante.

–¿Cuántos años tiene tu hermano? –le preguntó Antonio.

Maisie logró respirar mientras apartaba la mano de su brazo.

—Veintidós.

—Entonces tenía diecisiete cuando vuestros padres murieron.

—Sí.

—¿Y qué hicisteis sin padres?

—Trabajar —respondió ella. No quería contarle el disgusto y la sorpresa que se había llevado al descubrir que no tenían ahorros y su casa estaba embargada. El dinero siempre había sido una preocupación durante su infancia, pero tras la muerte de sus padres se convirtió en un miedo abrumador. Claro que un hombre como Antonio Rossi, con su yate y sus casas por todo el mundo, no querría saber nada de eso.

—Trabajar —repitió él, mirándola a los ojos—. ¿Tú cuidaste de tu hermano?

—Sí, claro.

Max lo había sido todo para ella tras la muerte de sus padres y le seguía doliendo no verlo todos los días. Echaba de menos que la necesitase, pero hacía tiempo que no la necesitaba. Emocionalmente al menos.

—¿Cómo se llama? —le preguntó él.

—Max —respondió Maisie—. Acaba de terminar la carrera y está haciendo unas prácticas en Wall Street.

—Wall Street —Antonio lanzó un silbido—. Parece que las cosas le van bien.

—Sí, eso parece. Pero estábamos hablando de ti. ¿Cómo se llamaba tu hermano?

Antonio vaciló y Maisie se dio cuenta de que no quería hablar de ello.

—Paolo —dijo Antonio por fin, dejando escapar un suspiro—. Tenía cinco años menos que yo. Hoy hace diez años que murió.

—Hoy...

–De ahí el whisky –dijo él, soltando una amarga risotada–. El dieciséis de enero es el día más terrible del año.

–Lo siento mucho.

Antonio se encogió de hombros.

–No es culpa tuya.

–No, pero sé cuánto duele y no se lo deseo a nadie.

Le hubiera gustado tocarlo de nuevo, ofrecerle algún consuelo, pero temía su respuesta, y la suya propia.

–No, claro –Antonio volvió a mirarla, en silencio–. Eres una persona muy amable, Maisie. Tienes un corazón generoso, das mucho a los demás y seguramente recibes mucho menos.

–Hablas de mí como si fuese un felpudo.

–No, en absoluto. ¿Es así como te sientes?

Ella torció el gesto, sorprendida, porque en el fondo de su corazón siempre había sentido que era así. Su hermano y ella solo se llevaban dos años, pero se había convertido en madre y padre para él. Tuvo que hacerlo. Y lo había hecho encantada, pero… a veces su vida le parecía tan gris, tan ingrata. Y se preguntaba si había algo más.

–Tal vez un poco –admitió por fin. Y luego se sintió fatal. ¿Cómo podía estar resentida con su hermano?–. No, bueno, no quería decir eso…

–Calla –Antonio puso un dedo sobre sus labios–. No tienes que disculparte por tus sentimientos. Es evidente cuánto te importa tu hermano y cuánto has sacrificado por él.

–¿Cómo puedes saberlo? –susurró Maisie.

Él apretó sus labios; un roce suave como una pluma y, sin embargo, el roce más íntimo que había experimentado nunca.

–Porque desprendes amor. Amor y generosidad.

El tono de Antonio era sincero, con un toque de melancolía. Nadie le había dicho eso antes. Nadie había notado lo que había hecho por Max, todo aquello a lo que había renunciado. Pero, por alguna razón, aquel desconocido lo sabía.

–Gracias –susurró.

Antonio empujó el dedo contra sus labios, una caricia que Maisie sintió hasta el centro de su ser. Y él se dio cuenta.

–Tan cariñosa… –murmuró mientras trazaba la comisura de sus labios con la punta del dedo–. Y tan encantadora…

Maisie estaba transfigurada por esa caricia; el roce de su dedo parecía estar dejando una marca en su alma. Había tenido un par de novios, pero nada serio porque siempre tenía que pensar en Max y estaba muy ocupada, trabajando e intentando no retrasarse con sus estudios de Música. Los besos y abrazos de esos novios no la habían afectado como un simple roce de Antonio Rossi.

Sabía que tenía que poner fin a aquella tontería y volver a trabajar. Terminar su turno, volver a casa y olvidar la peligrosa magia de aquel encuentro inesperado.

Antonio deslizó el dedo por su barbilla y su garganta, donde su pulso latía de modo frenético. Lo dejó allí un momento, mirándola con el ceño fruncido. Luego desabrochó el primer botón de la bata y pasó el dedo por la sencilla camiseta de algodón que llevaba debajo, con la insignia de la empresa en el bolsillo.

La sorpresa de Maisie fue tal que el vaso de whisky resbaló de sus dedos y cayó al suelo, manchando la moqueta.

–Oh, no…

–No importa –dijo Antonio.

–Claro que importa. No puedo dejar el despacho así, tengo que limpiarlo.

–Entonces, no lo dejaremos así.

Antonio sonrió, irónico, como diciendo que eso no iba a distraerlo de su propósito. Pero ¿qué quería de ella el multimillonario de ojos magnéticos?

Aunque la respuesta era evidente. Maisie parpadeó, clavada al suelo, mientras Antonio tomaba un paño del carrito para limpiar la mancha de la moqueta.

Quería sexo. Eso era lo que los hombres ricos y poderosos querían de mujeres como ella. Lo único que querían. Pero allí estaba, limpiando la moqueta, y Maisie no entendía por qué. Y tampoco entendía cómo podía sentirse tentada por tan sórdida proposición.

Sexo con un desconocido. Eso era en lo que estaba pensando. Claro que tal vez solo estaba siendo amable, flirteando un poco con una empleada para divertirse.

Antonio volvió a dejar el trapo en el carrito y se volvió hacia ella con una traviesa sonrisa en los labios.

–Bueno, ya he terminado. ¿Dónde estábamos?

Maisie se había puesto colorada hasta la raíz del pelo y Antonio notó el cambio de color con gran interés. Igual que había notado cómo respondía ante el roce de su dedo. Y también él respondía, experimentando un virulento deseo… y algo más profundo. Hablaba en serio cuando dijo que era buena y generosa.

En ese momento, parecía la persona más honesta y amable que había conocido nunca, y deseaba eso tanto como su cuerpo. Bueno, casi tanto.

−¿Dónde estábamos exactamente? −le preguntó ella, con tono retador.

Antonio esbozó una sonrisa.

−Yo creo… −murmuró mientras pasaba el dedo por su satinada mejilla− que estábamos aquí.

Maisie cerró los ojos y apretó los dientes, como si el roce fuese desagradable. Pero Antonio sabía que no era así porque temblaba de arriba abajo.

−¿Por qué me haces esto? −le preguntó, en un susurro.

−Aún no te he besado.

Ella abrió los ojos, atónita a pesar de todo lo que había ocurrido.

−¿Aún?

−Aún, pero tú sabes que solo es una cuestión de tiempo. Y lo deseas tanto como yo, Maisie. Yo quiero olvidar el dolor y la tristeza y solo quiero recordar… esto −suavemente, para que pudiese apartarse si lo deseaba, Antonio la atrajo hacia sí. Sus caderas chocaron y sus pechos se aplastaron contra su torso. La notó temblar y vio que tenía los ojos muy abiertos, del color de los helechos.

Una parte de él, una parte importante, quería hundir los dedos en el pelo rojo y saquear su boca, perderse en el olvido de la lujuria.

Pero no podía hacer eso. Maisie era demasiado encantadora para ser tratada con tanta brusquedad, de modo que se tomó su tiempo, mirándola mientras ella se acostumbraba a su roce, notando el cambio en sus cuerpos y en el aire. El coqueteo se convirtió en anticipación, en expectación.

–Eres encantadora –murmuró mientras enredaba un rizo entre los dedos, tirando suavemente de él–. Muy, muy encantadora.

–Tú también –musitó ella, con una risa trémula–. Pero tú debes de saber lo guapo que eres.

Él se rio. Había algo deliciosamente refrescante en su sinceridad.

–Tal vez tú podrías demostrármelo.

–No sabría cómo hacerlo.

Antonio volvió a tirar del rizo.

–Podrías besarme.

Un rubor encantador se extendió por toda su cara.

–No… no puedo.

–Claro que puedes.

–No sabría cómo –repitió Maisie, sintiendo que le ardía la cara.

–Entonces, ¿yo tengo que hacer todo el trabajo?

–No tienes que hacerlo. Yo no te he pedido nada.

Antonio sonrió. Estaba disfrutando de la conversación tanto como de la deliciosa anticipación del beso.

–Te lo estoy pidiendo yo –le dijo–. De hecho, te lo exijo.

–¿Qué?

–Bésame, Maisie.

Ella lo miró con los ojos abiertos de par en par. Podría haber pensado que se sentía ofendida, pero el brillo de esos ojos de color esmeralda le decía otra cosa.

–Miras mi boca como si fuese una montaña que tuvieses que escalar –observó, burlón. Apenas se habían tocado, pero le resultaba difícil seguir con ese juego. El deseo se había convertido en un torrente, un tormento, y pronto sería abrumador.

–Es que yo… en fin, no soy tan aventurera.

–Pero quieres besarme.

Era una afirmación, no una pregunta. Porque sabía que era así. Lo vio en el temblor de su cuerpo, en la dilatación de sus pupilas, en cómo sacaba la punta de la lengua para pasarla por sus rosados labios.

–Sí...

–No pareces muy segura.

–Es que no estoy acostumbrada a estas situaciones –dijo Maisie, dejando escapar una risita incrédula–. Me siento como si estuviese en una novela romántica.

–Entonces, disfruta del viaje –sugirió Antonio, pensando por un momento que tal vez debería advertirle que solo era una noche, un breve momento de placer. Pero no quería enfriar el ambiente y, además, ella debía de saberlo. Las relaciones no empezaban con dos desconocidos en una planta de oficinas a las dos de la madrugada. Maisie parecía inocente, pero no era tonta.

–Disfrutar del viaje –repitió ella, saboreando cada palabra como si fuera un buen vino–. Eso es algo que no he hecho nunca.

Antonio enarcó las cejas.

–¿No?

–No, nunca.

–Pues entonces ha llegado el momento.

Maisie levantó la mirada, decidida.

–Tal vez debería –murmuró, poniéndose de puntillas para rozar sus labios, un roce ligero como una pluma. Antonio se quedó inmóvil y ella se apartó, mirándolo con el ceño fruncido–. ¿No... no te ha gustado?

–Claro que me ha gustado –se apresuró a decir él–. Pero ¿cómo voy a sentirme satisfecho con un mordisquito cuando lo que quiero es toda la cena, todo el banquete? –dijo luego, mientras inclinaba la cabeza para buscar sus labios. Aquel juego previo era exquisito, algo que nunca había hecho con otra mujer–. Bésame otra vez, Maisie.

Y ella lo hizo, poniendo una mano sobre su hombro. Era un beso torpe, vacilante, y por alguna razón, perfecto. Antonio la tomó por la cintura con las dos manos y la sintió temblar, excitada. Pero se detuvo, esperando que Maisie diera el siguiente paso.

Y lo hizo. Volvió a besarlo, rozando sus labios como una tímida mariposa. Antonio capturó su boca entonces, saqueando el sedoso interior con la lengua.

La sangre rugía en sus venas. Había querido ir despacio, ser civilizado y llevar el control, pero todos sus planes se vieron desbaratados cuando Maisie se entregó tan generosamente. La empujó despacio hacia el sofá y la tumbó en él con cuidado mientras ella lo miraba con los ojos brillantes.

–Antonio…

–¿Deseas esto, Maisie? –le preguntó, temiendo que se lo hubiera pensado mejor.

–Sí… –respondió ella con tono inseguro.

Y Antonio se maldijo a sí mismo por haber precipitado la situación.

–¿Deseas esto? –volvió a preguntar, el brillo de sus ojos dejaba claro a qué se refería.

Maisie lo miraba con las pupilas dilatadas, los labios entreabiertos y una expresión cargada de anhelo mientras él esperaba con los puños apretados, tenso y expectante.

–Sí –dijo Maisie por fin, apoyando la cabeza en el respaldo del sofá–. Sí, lo deseo.

Capítulo 3

MAISIE miraba el hermoso rostro de Antonio experimentando una inesperada sensación de paz en su interior. Había tomado una decisión. Iba a hacerlo. Iba a acostarse con él. No sabía cuándo lo había decidido. Tal vez cuando lo besó. ¿O cuando le dijo que la deseaba? ¿O cuando entró en el despacho?

Ella no hacía esas cosas. Nunca. Durante los últimos cinco años solo había pensado en Max, en cuidar de él, reprimiendo sus deseos, sus sueños. Tal vez por eso estaba tumbada en el sofá, mirando al hombre más apuesto que había conocido nunca, esperando que empezase a seducirla. Había vivido para otra persona durante demasiado tiempo y, por una noche, quería vivir para sí misma. Para el placer, para la emoción. Para aquello.

Antonio la miró de arriba abajo.

—Estás segura —murmuró.

—Sí —respondió ella, tragando saliva—. Sí, estoy segura.

—Me alegro porque yo también lo estoy.

Maisie temblaba mientras se arrodillaba sobre ella, sujetando sus caderas con las manos. Y, cuando inclinó la cabeza, dejó de pensar. Era como si se hubiera producido un cortocircuito en sus sentidos. No podía pensar y apenas era capaz de respirar. El roce de su boca había provocado un incendio dentro de ella y se sentía consumida.

La besaba en el cuello, en la garganta, rozando su clavícula con la lengua, chupando y lamiendo. Maisie experimentó un estremecimiento y se arqueó hacia él, impotente.

–¿Qué llevas puesto? –le preguntó Antonio.

–El uniforme. Es horrible, lo sé…

–Tú podrías excitarme llevando una bolsa de plástico –la interrumpió él mientras metía las manos bajo la camiseta–. Pero me gustaría verte sin nada.

Le quitó la camiseta y la tiró al suelo con una sonrisa lobuna que la habría hecho reír si no se hubiese sentido tan expuesta. Tuvo que hacer un esfuerzo para no taparse con las manos porque nadie la había visto solo con el sujetador. Nadie.

–No tienes por qué sentirte avergonzada –dijo Antonio en voz baja.

Maisie tragó saliva. No iba a admitir que nadie la había visto así antes. Que él, un perfecto desconocido, era el primero.

Sin dejar de mirarla a los ojos, Antonio acarició sus pechos por encima del sujetador, provocando chispas de sensaciones como fuegos artificiales dentro de ella. Aunque intentaba ocultar su reacción, Antonio se dio cuenta y sonrió.

–¿Sabes lo excitante que es la reacción de una mujer para un hombre?

–Pero tú sigues vestido –protestó ella. Quería que siguiese tocándola, quería tocarlo, pero no sabía cómo hacerlo.

–Eso tiene fácil remedio –dijo él, mientras empezaba a desabrocharse la camisa–. O tal vez tú querrías hacerlo por mí.

–No, yo…

Antonio se encogió de hombros, mirándola con expresión burlona.

–Solo son unos botones.

Era algo más que unos botones. Era aceptar su temeraria decisión. Era ser más atrevida de lo que lo había sido nunca.

Lentamente, se apoyó en un codo y empezó a desabrochar la camisa blanca con dedos temblorosos, inhalando el limpio aroma de su *aftershave*, admirando el tentador torso bronceado y viril.

Lo oyó contener el aliento y se dio cuenta de que estaba tan afectado como ella. Que ella lo afectaba. Antonio debió de ver su gesto sorprendido porque se rio suavemente.

–Te había dicho lo que me haces sentir, ¿no? Ahora puedes verlo por ti misma.

Cuando desabrochó todos los botones tomó su mano y la puso sobre su corazón, que latía tan acelerado como el suyo.

Se quedaron así durante largo rato, como suspendidos en el momento, conectados por la mano sobre su corazón. Todo era tan maravilloso, tan intenso. Aquello era tan íntimo… y no solo porque no llevase la camiseta. Había esperado placer, pero no aquel vínculo tan abrumador. Sentía una inexplicable conexión emocional con aquel hombre, que había empezado cuando lo vio tan triste, y aquella era la continuación natural.

Maisie abrió los dedos y acarició los tensos músculos de su torso, la piel satinada, esperando… y entonces todo cambió.

Fue como si se encendiera una chispa, tomándolos a los dos por sorpresa. Antonio la atrajo hacia sí, duro y exigente, aplastando sus pechos mientras buscaba sus labios. Y Maisie respondió a esa demanda echándole los brazos al cuello, hundiendo los dedos en su pelo, entregándose a él por completo. Cuando introdujo un poderoso muslo entre sus piernas, la sensación fue tan intensa que tuvo que morderse los labios. Él se retiró un poco entonces, jadeando, para apartar la copa del sujetador con los dientes.

Maisie se arqueó mientras él seguía con su erótica exploración. Desabrochó el sujetador sin que ella se diera cuenta y, de repente, estaba desnuda de cintura para arriba, sintiendo un placer desconocido mientras Antonio seguía explorando su cuerpo con los labios y las manos.

El pantalón tuvo el mismo destino que la camiseta y el sujetador y, un segundo después, las bragas. Sin saber cómo, estaba desnuda y también lo estaba Antonio. Miró su piel bronceada a la luz de la lámpara del escritorio, el torso ancho, musculoso, perfecto.

Maisie temblaba. Incluso en aquel estado de aturdimiento erótico sabía que el paso que iba a dar era enorme, irrevocable.

Antonio se detuvo, apoyando los brazos a cada lado del sofá, su respiración era agitada, irregular.

–¿Estás segura? –le preguntó de nuevo. Ella asintió, demasiado abrumada como para articular palabra–. Dime que siga o dime que pare.

Maisie tomó aire.

–Sí –susurró, tirando de su cabeza para besarlo–. Estoy segura.

Antonio no necesitaba más ánimos. La besó en la boca, apretando sus caderas mientras rozaba su entrada, y Maisie se puso tensa ante la repentina invasión, preguntándose si él sabría que nunca lo había hecho. ¿Su inexperiencia sería evidente?

Antonio dejó escapar un gemido ronco mientras se hundía en ella y Maisie intentó acostumbrarse a la sensación. De modo que era aquello de lo que tanto había oído hablar. Los juegos previos le gustaban un poco más, pensó.

—Maisie…

—No pasa nada.

No quería que supiera que era, o había sido, virgen hasta ese momento. Que le había entregado su virginidad a un desconocido al que no volvería a ver nunca. Levantó las caderas, empujando su espalda y tomándolo más profundamente mientras envolvía las piernas en su cintura.

Antonio empezó a moverse despacio, con deliberadas embestidas, y un destello de placer empezó a crecer en su interior. Maisie intentó seguir el ritmo y el destello se convirtió en una llama, un incendio imparable.

Perdió la noción del tiempo y el espacio hasta que explotó, su grito rompió el silencio antes de caer sobre el sofá, emocional y físicamente agotada.

Antonio apoyó la frente en la suya por un momento mientras intentaba recuperar la compostura, asombrado de que le resultase tan difícil.

Acostarse con una mujer en el sofá de la oficina no era una experiencia completamente nueva para él. Pero aquello, con Maisie, le parecía diferente. Le parecía abrumador.

No había esperado sentir esa emoción. Él no sentía emociones, salvo en el aniversario de la muerte de su hermano, dejándose llevar por el dolor que mantenía guardado bajo llave durante todo el año. No debería haberla invitado aquella noche precisamente, no debería haberla seducido cuando se sentía tan vulnerable, en carne viva. No debería haber abierto la puerta de su bien guardado corazón, pero lo había hecho y no podía permitir que el torrente de dolor se colase por ese hueco y lo ahogase.

Se tumbó de lado y apoyó la cabeza en la suave curva de su cuello. Seguía intentando recuperar la calma, aunque sabía que era una causa perdida. Se había rendido cuando se hundió en su cuerpo, cuando Maisie le echó los brazos al cuello y dejó que se enterrase en ella profundamente, haciendo que se sintiera feliz y perdido al mismo tiempo.

La apretó contra su torso, abrazándola como si fuera su ancla y ella la suya. Maisie acariciaba su pelo, susurrando palabras de consuelo en su oído como si fuera un niño.

Era tan bochornoso y, sin embargo, tan necesario, pensó mientras se apretaba contra ella, buscando el consuelo que solo Maisie podía darle.

–Lo querías mucho –susurró ella.

–Sí –respondió Antonio, sin abrir los ojos–. Sí, lo quería mucho y... –por alguna razón se sentía empujado a hablar, a contarle la terrible verdad o al menos parte de ella–. Su muerte fue culpa mía.

Contuvo el aliento, esperando el veredicto, la condena.

–¿Tú lo mataste? –le preguntó ella en voz baja.

–No, claro que no...

–Entonces no fue culpa tuya.

Antonio exhaló un largo suspiro. Si fuese tan fácil aceptaría la absolución y se iría, sintiéndose libre. Pero él sabía que no era tan fácil y, si le contaba toda la verdad, también ella se daría cuenta.

–No puedes decir eso.

–Y tú no puedes decir que lo mataste –replicó Maisie, tomando su cara entre las manos para mirarlo a los ojos–. Por eso parecías tan triste, porque cargas con ese sentimiento de culpabilidad y nadie puede cargar con un peso tan grande.

–Tú no sabes…

–Entonces, cuéntamelo.

Antonio negó con la cabeza. Lo odiaría si le contase la verdad y quería preservar lo poco que habían compartido. Preservar el recuerdo de esa noche que lo sostendría durante mucho tiempo.

–El dolor por la muerte de tu hermano debe de ser terrible y no creo que sea buena idea añadir el sentimiento de culpabilidad –murmuró, rozando sus labios con un beso que él recibió con los ojos cerrados, como si fuera un bálsamo.

–Tú no sabes –repitió. Era lo único que podía decir.

–Sé lo suficiente. Veo suficiente en tus ojos –Maisie besó sus párpados cerrados y Antonio se quedó inmóvil, aceptando la caricia, aunque algo parecía romperse dentro de él, fragmentando otra pieza de su endurecido corazón hasta que en algún momento no quedase nada.

Ella seguía besándolo, presionando suavemente con los labios en su cuello, su torso, como si estuviera intentando memorizar cada centímetro de su cuerpo. Entre el dolor y la pena, Antonio sintió que el deseo despertaba a la vida; no el deseo urgente de unos momentos antes, sino algo más profundo y más tierno, algo más alarmante y mucho más maravilloso. Y sabía que no podría resistirse.

Maisie se colocó sobre él, su pelo como una manta roja que los cubría a los dos. Antonio deslizó las manos por sus caderas para sujetarla y guiarla a la vez, sabiendo que también ella lo sentía, no solo el deseo, sino la conexión. Habían compartido mucho más que sus cuerpos esa noche. Se habían entregado el uno al otro, habían compartido sus almas.

En aquella ocasión terminaron al mismo tiempo, de forma natural, y la sensación de felicidad lo dejó sin aliento. Había disfrutado de muchos encuentros sexuales en su vida, pero nunca había sentido nada así, esa intensidad, esa emoción y ese placer eran algo desconocido.

La miró mientras se movían con un ritmo sensual y ella le devolvió la mirada, sus ojos estaban llenos de compasión y deseo. Mientras subían hacia la cima del placer sintió como si fuese parte de él, como si se hubiera metido en su sangre, en su alma. Se agarró a ella y ella a él, mientras caían por el precipicio.

Después, Maisie apoyó la cabeza en su torso y él enredó uno de sus rizos entre los dedos, como si eso pudiera anclarlos allí, a ese momento. Ninguno de los dos dijo una palabra, pero no hacía falta. Las palabras eran superfluas ante la más pura forma de comunicación que estaban compartiendo.

Debieron de quedarse dormidos porque Antonio se despertó abruptamente al oír un ruido en el pasillo. Hacía frío en el despacho y ella seguía dormida a su lado.

Se quedó en silencio, esperando, pero la sensación de paz había sido reemplazada por una fría impresión de horror y vergüenza. ¿Qué había hecho?

Recordaba cómo había temblado entre sus brazos, las cosas que había dicho, la debilidad y el deseo que había mostrado. Era bochornoso. Había pasado toda su vida, especialmente los últimos diez años, manteniéndose distante, ocultando sus emociones. Era mejor así, más seguro. Y en una noche, en unas horas, ella había logrado abrir su corazón como una cáscara de huevo.

Se sentía horriblemente expuesto, como si ella le hubiese arrancado la piel, dejando los nervios al descubierto. No podía soportarlo. ¿Por qué lo afectaba tanto cuando nadie más lo había hecho?

Debía de haber sido el whisky. Estaba borracho y se había puesto sentimental. Se había tomado libertades con sus emociones, y con las de Maisie, de una forma inconcebible. Lo único que podía hacer ahora era dar marcha atrás.

Se quedó inmóvil, con los ojos cerrados porque no quería ver un brillo de compasión en los de Maisie. No podría soportarlo.

De nuevo oyó ruido en el pasillo y, ya despierto del todo, reconoció el chirrido de un carro de la limpieza.

–¿Maisie? –era la voz de una mujer–. ¿Estás ahí? ¿Has terminado con esta planta?

–Oh, no –murmuró ella, incorporándose en el sofá a toda prisa.

Sabía que estaba mirándolo, pero no abrió los ojos. Era una cobardía, pero mientras ella empezaba a buscar su ropa por el suelo, fingió dormir.

–¡Maisie!

–¡Estoy aquí! Espera un momento, enseguida salgo.

Con los ojos entornados, Antonio la vio ponerse la ropa a toda prisa y sujetarse el pelo en una coleta. Luego se volvió para mirarlo y vio indecisión y pesar en su rostro. Un segundo después, tomó su carrito y salió del despacho.

Antonio dejó escapar un suspiro de alivio. Era lo mejor. Tenía que serlo.

Capítulo 4

MAISIE pasó las siguientes dos semanas en una especie de estupor. No se podía creer lo que había hecho, cómo había actuado con Antonio Rossi. Había sido un momento de locura, como si hubiese tomado alguna droga que le había quitado las inhibiciones y el sentido común. ¿Cómo se le había ocurrido hacer tal cosa?

Sin embargo, no podía dejar de revivir esa noche, los tiernos momentos que había compartido con él, una intimidad que no se hubiera imaginado nunca. Cuando gritó entre sus brazos, cuando lo recibió dentro de su cuerpo…

Incluso ahora, tantos días después, sentía anhelo y añoranza. Se había preguntado si intentaría ponerse en contacto con ella. No sería difícil para un hombre como él descubrir quién era y dónde vivía.

Pero se regañaba a sí misma por su ingenuidad. Antonio no iba a ponerse en contacto con ella. Había sido un encuentro de una noche, nada más. No era tan ingenua como para no entenderlo y, sin embargo… ella no había sido la única sorprendida por la intensidad de la experiencia. Había visto el mismo brillo de sorpresa y emoción en sus ojos, estaba segura de ello.

¿Y si no se hubiera ido sin decirle nada, temiendo ser descubierta por otra de las limpiadoras y quizá despedida por ello? ¿Y si ese encuentro se hubiera convertido en algo más importante? ¿Habrían vuelto a verse si Antonio se hubiera quedado en Nueva York?

Pero eso era un cuento de hadas y Maisie intentaba no pensar en ello. Sabía que la vida era dura e injusta; que las cosas nunca salían como uno esperaba. La felicidad y el amor eran posibles, pero había que luchar por ello. No te caía en el regazo en medio de la noche, en un edificio de oficinas vacío.

Tenía que recordarlo como una experiencia nueva, fenomenal, increíble. Que había terminado.

Intentó concentrarse en sus estudios, que era lo que solía aportarle más alegría. Después de esperar cinco años para entrar en Juilliard, uno de los Conservatorios de Arte más famosos del mundo, por fin iba a conseguir lo que más deseaba en la vida. Pero mientras iba a clase y estudiaba teoría de la música, mientras iba con amigos a conciertos en la iglesia local, se sentía un poco perdida, un poco vacía. No era una sensación agradable y se enfadaba consigo misma por ser tan tonta.

La mayoría de sus amigos de la universidad eran más jóvenes que ella y se tomaban los encuentros de una noche como algo normal y sin importancia. Ella no podría ser así, pero desearía haber protegido su corazón un poco mejor.

Al menos no había caído en la desesperación de buscar información de Antonio en Internet. Había sentido la tentación de hacerlo, pero se contuvo porque no tenía sentido.

Y entonces, tres semanas después de haber entrado en el despacho, vomitó durante el desayuno. No se preocupó demasiado, pensando que algo le había sentado mal... hasta que volvió a ocurrir el día siguiente. Y el día después. Y el período, que siempre era regular, no llegó a su tiempo. No llegó en absoluto.

Incluso ella, inocente como era, entendía lo que eso significaba. Le asombraba no haber pensado en esa posibilidad. No habían usado protección y ella no era tonta. Otra señal de que se había dejado llevar como nunca en su vida. Una señal muy peligrosa.

Maisie compró dos pruebas de embarazo y corrió a su estudio de Morningside, muy lejos del centro, pero el único sitio que podía permitirse desde que Max decidió irse a vivir con unos amigos y ella tenía que pagar sola el alquiler.

Se inclinó sobre el inodoro para hacerse la primera prueba, con el corazón acelerado. No podía estar embarazada, no podía ser. Y, sin embargo, sabía que era posible. Sabía que la vida podía cambiar en un momento, con todo aquello con lo que uno contaba evaporándose como un castillo de arena.

Sentada allí, esperando el resultado de la prueba, experimentaba la misma sensación de irrealidad que cinco años antes, en Urgencias, cuando el médico de guardia le informó de que sus padres habían fallecido. Y luego, dos semanas después, cuando el abogado le dijo que no tenían dinero.

En ambas ocasiones había sentido como si estuviera mirando la vida a través de un espejo distorsionador. Y así era como se sentía en ese momento, incluso antes de comprobar el resultado de la prueba. Sabía cuál iba a ser. Sabía que su vida iba a cambiar. Otra vez.

Como se había imaginado, dos rayitas de color rosa. Maisie sintió el peso de la responsabilidad, y un pequeño estremecimiento de emoción. Tener un hijo haría descarrilar sus planes. Tendría que renunciar a sus estudios o, al menos, dejarlos en suspenso durante un tiempo.

Otra vez.

Y, sin embargo, no quería deshacerse del bebé como no había querido deshacerse de su hermano. Los dos eran parte de ella. Los dos eran razones para sobrevivir.

Pero… ¿qué iba a hacer con Antonio Rossi?

Por fin, porque no tenía alternativa, Maisie se preparó para la inevitable búsqueda en Internet. Tecleó el nombre en el buscador y parpadeó cuando su fotografía apareció de inmediato en una entrada de Wikipedia. Ver su rostro, esa sonrisa y esos ojos azules, hizo que le diese un vuelco el corazón. Parecía sonreírle a ella como le había sonreído esa noche.

No. Tenía que dejar de pensar esas cosas porque era absurdo. Tomando aire, abrió varias páginas, buscando un número de contacto o una dirección de correo electrónico.

Antonio Rossi, playboy milanés con una supermodelo del brazo, dos supermodelos, una famosa actriz, una aburrida chica de la alta sociedad. Sonreía en todas las fotos, guapísimo y encantador, la mujer con la que iba siempre era guapa y altiva.

Pero peor que las fotografías eran los artículos. Se le encogió el estómago al leer sobre «El Implacable Rossi», el hombre que había hecho una fortuna con propiedades, demoliéndolas para volver a levantarlas, comprándolas a gente desesperada y luego, como actividad secundaria, ofreciendo servicios de consultoría para adquisiciones hostiles.

Leyó artículos mordaces sobre empresas que llamaban a Rossi para maximizar beneficios en cada adquisición. Según la prensa, era un experto en cuidar de los multimillonarios y pisotear a la gente humilde como ella.

Se echó hacia atrás en el sofá, atónita. ¿Aquel era

el hombre al que había entregado su virginidad, el padre de su hijo? ¿Un playboy cruel y egoísta que disfrutaba destrozando la vida de la gente?

No se lo había parecido esa noche, pero en realidad no sabía quién era, no lo conocía en absoluto.

Maisie pasó otra semana intentando decidir qué debía hacer y deseando tener a alguien a quien confiarle sus problemas. No podía contárselo a Max porque se quedaría horrorizado y, además, los consejos de un chico de veintidós años no serían de gran ayuda. Sus amigas de la universidad pondrían los ojos en blanco y le dirían que se deshiciera del bebé, pero no iba a hacerlo.

No iba a deshacerse de su hijo. Una vida había empezado a crecer dentro de ella y, aunque sabía los sacrificios que tendría que hacer, estaba dispuesta a hacerlos. La cuestión era si Antonio Rossi se merecía conocer la existencia del bebé. ¿Podía ocultarle algo tan importante, aunque no le gustase nada lo que había averiguado sobre él?

No, no podía hacerlo, de modo que tendría que encontrar a Antonio y darle una noticia que, sospechaba, no sería nada bienvenida.

Antonio miraba el pálido cielo azul, preguntándose por qué no era capaz de concentrarse. Llevaba casi un mes en Nueva York, intentando reducir los gastos en Alcorn Tech. Normalmente, no tardaría más de dos o tres semanas en una operación así. Sin embargo, después de cuatro semanas aún tenía trabajo que hacer, aunque pensaba irse a Milán al día siguiente. No podía perder más tiempo con aquel proyecto. ¿Qué estaba intentando demostrar?

Por alguna razón, durante esas últimas semanas había estado inquieto, incapaz de concentrarse. Y eso lo irritaba porque el trabajo siempre era lo primero para él. El trabajo lo definía, lo justificaba. Sin embargo, allí estaba, mirando por la ventana en lugar de estudiar la lista de Recursos Humanos para decidir qué puestos de trabajo debían ser eliminados.

Suspirando, se levantó del sillón y paseó por el modesto despacho que había elegido cuando llegó a Alcorn. Habían propuesto instalarlo en el despacho del presidente, en la última planta, pero él sabía por experiencia la impresión que daba eso. Era mucho mejor mantener un perfil discreto mientras hacía los cambios. Los empleados se preocupaban menos, aunque la mayoría de ellos sospechaban lo que iba a pasar.

Aunque describía sus servicios de consultoría como una forma de ahorrar dinero y evitar mala prensa, sus razones para dedicarse a eso eran muy distintas. Algo que mantenía oculto de todos, hasta de la prensa. Algunos periodistas lo habían pintado como un tipo despiadado y sin corazón, decidido a destruir empresas para enriquecer aún más a los millonarios que lo contrataban. Y no le importaba porque era para eso para lo que lo contrataban. Era bueno en su trabajo, tanto que ni ellos sabían lo bueno que era.

En ese momento sonó el intercomunicador y, alegrándose de la distracción, Antonio pulsó el botón para responder.

—¿Sí?

—La señorita Dobson ha venido a verlo, señor Rossi.

Antonio sintió un escalofrío de inquietud en la espina dorsal. La señorita Dobson. Él no conocía a nadie llamado Dobson, pero tenía un horrible presentimiento…

«Maisie».

Maisie, a quien no había visto en tres semanas, y a quien, desgraciadamente, no podía dejar de recordar. Más de una noche se había despertado en una fiebre de deseo, con el recuerdo del aroma de su piel, de sus brazos y su pelo. Más de una vez había pensado quedarse a trabajar hasta tarde, preguntándose si volverían a encontrarse... pero cuando eso ocurría se marchaba abruptamente, sabiendo que era mejor para los dos que sus caminos no volvieran a cruzarse.

¿Qué estaba haciendo allí? ¿Qué quería de él?

—¿Señor Rossi?

—No puedo recibirla ahora –respondió Antonio, sintiéndose culpable. Lo último que deseaba era ver a Maisie Dobson deshecha en lágrimas o pidiéndole que volvieran a verse. Tenía un trabajo que hacer y debía hacerlo. La noche que habían pasado juntos había sido solo eso, una noche.

—Muy bien, señor Rossi –dijo la recepcionista.

Antonio cortó la comunicación. Era mejor así. Tenía que serlo. Él no tenía nada que ofrecerle y cuanto antes lo olvidase Maisie, mejor. Y cuanto antes la olvidase él, mejor también.

Tres horas después, mientras recorría el vestíbulo mirando los mensajes en el móvil, una voz lo dejó helado.

—¿Antonio?

Él levantó la mirada y se quedó asombrado al ver a Maisie, con el pelo como un halo rojizo alrededor de la cara y unos ojos verdes en los que había un brillo de incertidumbre. Llevaba unos tejanos y un jersey, y sujetaba el bolso frente a su pecho casi como si fuera un escudo.

Antonio se quedó inmóvil, helado. Lo último que

quería era una escena en público. La vergüenza de su encuentro, cómo había perdido el control entre sus brazos… no, no podía recordarlo siquiera.

–¿Perdón? –le dijo, mirándola como si no la conociese.

–¿Podríamos hablar un momento? –le preguntó ella en un susurro, con los nudillos blancos de apretar el bolso–. Solo unos minutos.

Parecía como si un soplo de brisa pudiese tirarla. Tenía mal aspecto, con la cara pálida y algo hinchada, los ojos enrojecidos. Todo su cuerpo parecía emanar una profunda tristeza, un profundo miedo. ¿También ella habría estado obsesionada por esa noche, convirtiéndolo en algo más de lo que había sido?

Se sentía culpable por lo que estaba a punto de hacer, aunque ya había decidido que era lo mejor y lo más caritativo.

–Perdone, ¿nos conocemos?

Maisie lo miró como si la hubiera golpeado.

–¿Que si nos conocemos? ¿Es que no te acuerdas?

Él inclinó a un lado la cabeza, mirándola de arriba abajo.

–Evidentemente, no.

Antonio hizo un esfuerzo para mantener una expresión helada. Quizá no debería hacer lo que estaba haciendo, pero ya no podía dar marcha atrás. Además, era mejor que rechazarla en público.

–¿No te acuerdas de mí? –insistió ella, incrédula.

–Está claro que no.

Maisie dio un respingo y Antonio tuvo que apretar los labios para no disculparse. Estaba intentando no herir sus sentimientos, pero ella parecía tan afectada, tan dolida… Solo quería que aquello terminase cuanto antes.

–Perdona, pero tengo que irme –iba a pasar a su lado, pero Maisie lo tomó del brazo. ¿No se daba cuenta de que no quería hablar con ella?

–Es que tengo que contarte algo –le dijo en voz baja, con tono angustiado.

–No sé qué puedes querer decirme, ya que no nos conocemos.

Ella soltó su brazo.

–Claro, tienes razón –dijo, con tono amargo–. No tengo nada que decirte. Nada –repitió, sacudiendo la cabeza mientras daba un paso atrás. Y, por alguna razón, Antonio no era capaz de moverse–. Alguien me dijo una vez que era la persona más encantadora y generosa que había conocido, pero parece que fue un sueño.

Antonio la miró, inmóvil, mientras ella se daba la vuelta para salir del edificio. Tomó aire y se estiró la chaqueta, pero al menos había terminado. Y si Maisie lo había llenado por un momento de dudas y remordimiento… bueno, sería fácil reemplazar esas inconvenientes emociones con su habitual determinación.

Tal vez no debería haber fingido que no la conocía, pero la alternativa era un rechazo brutal que podría haberla herido más aún. Sí, aquello era mejor, aunque no le gustase. Y al menos no volvería a verla.

Entró en la limusina y apoyó la cabeza en el asiento de piel, diciéndose a sí mismo que eso era lo mejor. Aunque no se lo pareciese en ese momento.

Capítulo 5

Un año después

–En la mesa cuatro necesitan otra botella de vino.

–Voy enseguida.

Maisie movió los hombros para aliviar el dolor y tomó otra botella de vino de la cocina. Nunca se había imaginado a sí misma como camarera, pero se alegraba de tener ese trabajo porque necesitaba el dinero.

Tantas cosas habían cambiado en un año, desde que vio esas dos líneas de color rosa. Tenía una hija, para empezar. Ella, su niña, era la más preciosa del mundo, lo mejor que le había pasado nunca. El embarazo había sido difícil, primero por las náuseas matinales y después la aparición de preeclampsia. Había tenido que guardar cama durante los últimos dos meses, y Max, su generoso hermano, la había ayudado en todo.

Maisie hizo una mueca al pensar que una vez se había sentido menospreciada por su hermano. Max se había portado de maravilla desde que supo que estaba embarazada. Incluso había insistido en mudarse a su apartamento, dejando a sus amigos, para poder ayudarla primero con el embarazo y después con la recién nacida.

Estaba cuidando de la niña esa noche para que ella pudiese trabajar, pero la llevaría al hotel durante el descanso. Con tres meses, Ella se negaba a tomar biberón y, en cualquier caso, Maisie no quería renunciar a la delicia de darle el pecho.

Max llegaría en quince minutos, de modo que debía encargarse de la mesa cuatro antes de tomarse un merecido descanso. Llevaba tres horas de pie y Ella la había despertado en medio de la noche. De hecho, casi había olvidado lo que era dormir ocho horas de un tirón.

Se dirigió a la mesa de un corpulento empresario para volver a llenar las copas… y evitar la ocasional mano descarada. Llevaba dos meses trabajando como camarera un par de noches a la semana y, en ese tiempo, había descubierto que algunos hombres ricos veían a las camareras casi como prostitutas.

Estaba sirviendo una copa de vino cuando se encontró frente a unos ojos azules que la habían perseguido en sueños durante el último año…

–¡Tenga cuidado!

Dando un respingo, Maisie vio que había llenado demasiado la copa y había una mancha carmesí sobre el mantel de damasco blanco.

–Lo siento mucho…

–Ponga más atención –replicó el hombre, con el rostro abotargado y expresión furiosa–. Tendrá que pagarme la factura de la tintorería.

Maisie vio una gota de vino en el puño de su camisa y tragó saliva. Si pagaba la factura de la tintorería, perdería parte del dinero que iba a ganar esa noche.

–Lo siento mucho, de verdad…

–Ya me imagino que lo siente –el hombre parecía dispuesto a seguir discutiendo y Maisie se dio cuenta de que era el mismo tipo que había intentado tocarle la rodilla unos minutos antes–. Debería llamar al en-

cargado y pedir que la despidan –le espetó, indig-
nado–. No hay sitio para una camarera tan torpe en un
lugar como este.

–Creo que te estás pasando, Bryson.

Era la voz de Antonio, con tono agradable, pero
amenazante. Escuchar esa voz le produjo un escalofrío en la espina dorsal.

«Antonio». No estaba allí mientras servía la cena.
Había aparecido de repente.

– Me ha manchado la camisa –protestó el hombre.

–Tal vez tú hayas bebido demasiado y es culpa
tuya que te haya manchado.

Bryson hinchó el pecho, mirándolo con gesto fan-
farrón.

–¿Cómo te atreves…?

–No es un atrevimiento –lo interrumpió Antonio–.
Lo que no entiendo es cómo te atreves tú a intimidar
a una camarera.

Maisie permanecía inmóvil, atónita. Era alucinante
ver a Antonio allí, pero que además saliese en su defensa… O no. Tal vez de verdad no la recordaba y,
simplemente, estaba defendiendo a una camarera.
Aunque eso le dolía aún más.

–Voy a buscar algo para limpiar la mancha –murmuró, azorada.

Se alejó a toda prisa, con las piernas temblorosas.
¿Qué hacía Antonio en Nueva York? Había leído en
una revista de cotilleos que estaba en Milán, donde
tenía su empresa. ¿Había vuelto para desmantelar otra
compañía, para arruinar más vidas? Según los artículos que había leído, esa era su especialidad.

–Maisie.

Ella se quedó helada al escuchar su voz. Luego dio
media vuelta, despacio.

–Perdone –dijo, intentando que su voz sonase firme–. ¿Nos conocemos?

Él sacudió la cabeza.

–Supongo que me merezco esa respuesta.

–De modo que fingiste no conocerme –dijo Maisie entonces–. Eres más canalla de lo que había pensado.

–¿Qué quieres decir con eso?

–¿Tú qué crees que quiero decir? –le espetó ella.

Había levantado la voz y algunos clientes se volvieron para observar la escena. Pero Maisie no iba a darle la satisfacción de ver cuánto la afectaba, lo desolada que se había sentido durante tantos meses, de modo que se dirigió a la cocina y Antonio la siguió.

–¿Qué haces aquí? –le preguntó, tomándola del brazo en el pasillo.

–¿Qué haces tú aquí? –le espetó ella, intentando soltar su brazo–. Yo vivo en Nueva York, tú no.

–Estoy trabajando.

–Yo también –Maisie consiguió soltar su brazo–. ¿Por qué no sigues fingiendo que no me conoces?

Había fingido no conocerla, era increíble. ¿Por qué? ¿Porque no quería volver a verla siquiera? Una noche y ya se había cansado de ella. Pues muy bien. Le había confesado a Antonio que a veces se sentía como un felpudo, pero no pensaba serlo en ese momento.

–Lo digo en serio, no quiero saber nada de ti. Y, si has pensado por un momento que podrías pasar otra noche conmigo mientras estás en Nueva York, olvídalo.

Él la miró con ojos helados.

–No había pensado eso.

–Mejor –dijo Maisie mientras entraba en la cocina, aliviada al ver que no la seguía. Aliviada y un poco decepcionada también, lo cual era una estupidez, por supuesto. Testarudo corazón, testarudo y estúpido corazón.

Con manos temblorosas, tomó una botella de soda y una servilleta y volvió a la mesa cuatro, decidida a no mirar a Antonio. Por suerte, él no había vuelto a la mesa y las quejas del cliente borracho se habían convertido en murmullos de protesta a los que nadie prestaba la menor atención.

Maisie entró en la cocina con el corazón acelerado por el inesperado encuentro. ¿Por qué había ido a buscarla? ¿Por qué la había ignorado un año antes, solo para saltar en su defensa esa noche? Siempre había sabido quién era. Aunque no la conocía en absoluto y ella a él tampoco.

Recordó entonces que su hermano estaba a punto de llegar… con Ella. Aunque dudaba que Antonio entrase en la cocina del restaurante, temía que pudiese verla con la niña.

Había tomado la decisión de no contarle que había tenido una hija cuando dijo no conocerla; una decisión que, después de saber qué clase de hombre era, no había lamentado. Antonio Rossi, desalmado empresario con una larga lista de conquistas, no era el padre que quería para su hija. Y como él había dicho no conocerla de nada, tampoco conocería a su hija. Era lo más justo.

—Maisie, ha venido tu hermano —la llamó otro empleado.

Dejando escapar un suspiro de alivio, Maisie salió de la cocina y corrió para tomar a su hija en brazos.

—¿Estás bien? —le preguntó Max.

—Sí, claro, estoy bien —respondió ella, apoyando la cara en la cabecita de Ella para respirar su delicioso aroma.

–¿Ha ocurrido algo?

–No, nada.

Max, su hermano pequeño, se había convertido en su guardián desde que se quedó embarazada. Después de haber cuidado de él durante tantos años, le parecía tan agradable y extraño que cuidase de ella, pero temía estar siendo un obstáculo. Max solo tenía veintitrés años, estaba empezando a vivir y no necesitaba la carga de una hermana y una sobrina, aunque él insistiese en decir que no le importaba.

–Voy a darle el pecho. Luego podrás llevártela de vuelta a casa –le dijo–. Gracias por traerla. Eres un cielo.

–No dejas de decírmelo –su hermano esbozó una sonrisa–. Nos vemos en el vestíbulo.

–Sí, en veinte minutos –Maisie sonrió antes de entrar en el baño del hotel, que tenía una zona privada con un sillón, un sitio perfecto para dar el pecho a su hija.

Intentó calmarse cuando la niña empezó a comer, poniendo una posesiva manita sobre su pecho. Maisie acarició el pelo de su hija, oscuro como el de Antonio. También tenía los mismos ojos azules que su padre, unos ojos penetrantes que aún veía en sueños. Si Antonio la viese, sabría inmediatamente que era hija suya.

Maisie experimentó un escalofrío de miedo e incertidumbre. ¿Era justo negarle a su hija? Lo que sabía de Antonio Rossi dejaba claro que no sería un buen padre y, sobre todo, que le daba igual serlo o no. Pero no podía silenciar el traicionero susurro de protesta que insistía en decir que Antonio se merecía al menos saber que tenía una hija.

Instintivamente, apretó a Ella contra su pecho y la niña protestó.

–Perdona, cariño –susurró, intentando relajarse. En diez minutos habría terminado de comer y Max la llevaría de vuelta al apartamento. Antonio nunca sabría que tenía una hija. Esa era la decisión que había tomado un año antes y nada de lo que Antonio Rossi había dicho o hecho hacía que reconsiderase su decisión.

Antonio salió al vestíbulo del hotel, buscando a Maisie. Por qué estaba buscándola, no lo sabía. Debería dejarlo estar, pensó. Se había delatado al llamarla por su nombre y eso no le granjearía el aprecio de Maisie. Lo que no sabía era por qué le importaba tanto.

No había pensado mucho en ella durante el último año. No había pensado mucho en las mujeres en general. Se había concentrado en el trabajo y las pocas citas que había tenido no habían sido nada satisfactorias. Las mujeres, al menos las mujeres con las que él salía, habían empezado a aburrirlo o fastidiarlo, y era entonces cuando solía pensar en Maisie. Cuando solía recordar la noche que habían pasado juntos en toda su gloria y en toda su vergüenza.

Pero ¿por qué había ido a buscarla? No quería retomar el romance, aunque sabía que ella no estaría interesada. No, no quería nada de ella. Solo quería olvidar esa noche increíble, como si no hubiera ocurrido. Porque no podía soportar que nadie conociera sus debilidades. No podía soportar que ella lo hubiera visto expuesto, necesitado, sufriendo.

Estaba en el vestíbulo del hotel, pero debería volver a la tediosa cena. Y luego debería ir a algún bar y buscar a una mujer sexy y dispuesta que lo ayudase a olvidar a Maisie Dobson. Sí, eso era lo que debería hacer. Era lo que hacía siempre.

Pero en lugar de eso estaba allí, echando humo y sintiéndose como un idiota…

–¡Maisie!

Antonio levantó la cabeza al oír una voz masculina. El hombre estaba en la entrada del hotel y Maisie se dirigía hacia él con una sonrisa trémula… y un bebé en brazos.

«Un bebé».

Antonio vio que el hombre tomaba al bebé en brazos y lo acunaba.

–Hola, cariño.

Celos. Antonio sintió celos, aunque no podría decir por qué. De modo que había encontrado un novio o un marido y habían tenido un bebé. Pues muy bien. Pero…

Habían pasado la noche juntos un año antes y, aunque él no era un experto, aquel bebé parecía tener unos cuantos meses. Y eso significaba…

O estaba embarazada cuando se acostó con él o se había quedado embarazada de aquel hombre inmediatamente después. O, pensó entonces con un nudo en la garganta, se había quedado embarazada de él.

No habían usado ningún método anticonceptivo. Él estaba demasiado borracho como para preocuparse por eso y, más tarde, pensó que Maisie debía de tomar la píldora. Pero había ido a verlo unas semanas después. ¿Dos, tres? Quería hablar con él y parecía angustiada. ¿Y si había ido a decirle que estaba embarazada? ¿Por qué no se le había ocurrido tal posibilidad?

Antonio buscó con la mirada al hombre, pero ya se había ido y Maisie se dirigía al salón.

Y su hijo podría haber desaparecido.

—¡Maisie! —la llamó.

Ella se dio la vuelta y palideció al verlo. ¿Por qué reaccionaría así si el bebé no era hijo suyo?

—¿Qué haces aquí?

—Estoy invitado a una cena.

—Sí, pero… ¿qué quieres de mí, Antonio?

—Vamos a algún sitio donde podamos hablar en privado.

—No tenías interés en hablar conmigo la última vez que nos vimos —le reprochó ella.

—Sí, pero ahora las cosas son diferentes.

—También son diferentes para mí —Maisie levantó la barbilla en un gesto de orgullo—. Tú no quisiste saber nada de mí hace un año y ahora yo no quiero saber nada de ti.

—No es el momento de ser mezquino. Tenemos que hablar.

—No tenemos nada que decirnos…

—¿El bebé es hijo mío?

Ella abrió la boca, pero no dijo una palabra. Esa era la confirmación que Antonio necesitaba y, sin decir nada, la tomó del brazo para llevarla hacia uno de los ascensores.

—¿Dónde vamos?

—A mi suite —respondió él mientras las puertas se cerraban.

—¿Qué? No pienso ir a una habitación contigo. Tengo que volver al salón, estoy trabajando.

—Yo te pagaré lo que te paguen aquí.

—No quiero tu dinero —le espetó ella—. Y no es solo por el dinero, sino por mi reputación. Si me marcho sin decir nada no volverán a contratarme.

—Si eso es lo que más te preocupa en este momento, creo que deberías ordenar tus prioridades.

Maisie se cruzó de brazos, indignada.

–Para ti es fácil. Tú nunca has tenido que preocuparte por el dinero.

–Eso no es verdad, pero no importa.

–Yo sé cómo eres, Antonio Rossi –le espetó ella entonces.

Durante un segundo, Antonio se sintió helado por dentro, horriblemente expuesto. Maisie sabía cómo era, había visto sus debilidades. Él se las había mostrado. Por supuesto que sabía cómo era y él detestaba que fuera así.

–Lo que pienses de mí no tiene la menor importancia –le dijo, mientras las puertas del ascensor se abrían frente a una suite con suelo de mármol negro–. Lo único que importa es si ese bebé es hijo mío.

–¿Y si fuera hija tuya?

«Hija». Esa sencilla palabra lo afectó hasta la médula.

–¿Tengo una hija?

–Yo no he dicho eso.

–No hace falta que lo digas.

–No deberías dar nada por sentado –dijo Maisie. Su tono era firme, pero le temblaba un poco la barbilla. Estaba asustada y la única razón para que estuviese asustada era que el bebé, la niña, era hija suya.

–Entonces deja de jugar y dime la verdad. ¿Es hija mía? Tengo derecho a saberlo.

–¿Por qué crees que tienes derecho a nada? –le espetó ella–. Fingiste no conocerme, Antonio. Fui a tu despacho… –se le quebró la voz y no pudo terminar la frase.

–¿Para qué fuiste a mi despacho? ¿Qué querías decirme aquel día?

–¿Por qué fingiste no conocerme?

–Me pareció lo más sencillo…

–Lo más sencillo para ti, claro.

–Y para ti. Nuestra… relación no iba a ningún sitio y no quería rechazarte en público.

Maisie sacudió la cabeza.

–Qué caballeroso. De verdad, estoy emocionada.

–Admito que no fue la mejor idea –dijo Antonio. Y no era toda la verdad. Había fingido no conocerla porque se sentía avergonzado de su debilidad–. En cualquier caso, no has respondido a mi pregunta.

Ella permaneció en silencio, sin mirarlo, abrazándose a sí misma como para no desmoronarse.

–Maisie… –dijo él, impaciente–. Quiero saber la verdad.

Ella dejó escapar un largo suspiro y luego se volvió hacia él, decidida, como enfrentándose a un pelotón de fusilamiento, a la ejecución de todas sus esperanzas.

–Sí, Antonio –respondió, con tono de derrota–. La niña es hija tuya.

Capítulo 6

MAISIE vio una mezcla de emociones en el rostro de Antonio: incredulidad, sorpresa, y luego, de repente, ilusión y alegría. Pero enseguida frunció el ceño, volviendo a ser el hombre que desmantelaba empresas y destrozaba sueños, al menos según los artículos que había leído.

–Deberías habérmelo contado.

–Intenté hacerlo, pero entonces parecías tener amnesia selectiva –le recordó ella con tono incisivo–. Fui a tu despacho y te dije que quería hablar contigo, pero tú no quisiste saber nada.

–Pero si me hubieras dicho...

–Lamento mucho no haber soltado esa bomba en medio de un vestíbulo lleno de gente –lo interrumpió Maisie, furiosa–. Si hubieras tenido la menor decencia, habrías hablado conmigo. Dos minutos de tu tiempo, eso era todo lo que quería. Pero, por lo que he leído en las revistas, tú no tienes mucho tiempo para las mujeres.

–No deberías leer ese tipo de revistas. Todo lo que publican es mentira.

–Yo tampoco solía leerlas, pero era la única forma de saber quién era el hombre que decía no conocerme.

–¿Y creíste saber quién era después de leer esa basura?

–Creí saber quién eras cuando te negaste a hablar

conmigo y fingiste no conocerme –le espetó Maisie–. ¿Para qué iba a decirte que estaba esperando un hijo?

–Deberías haber insistido… pero, bueno, eso da igual ahora. Lo que importa es el futuro. Nuestro futuro.

–¿Qué quieres decir con eso?

–¿Crees que ahora que sé que tengo una hija voy a darle la espalda? ¿Crees que voy a irme como si nada hubiese cambiado?

–Francamente, no tengo ni idea de lo que vas a hacer –respondió Maisie.

¿Qué iba a pedirle? Su vida estaba empezando a tener cierto equilibrio y de verdad no podría soportar más cambios. Sin embargo, en ese momento temía que Antonio fuese a cambiarlo todo, a hacer zozobrar su incipiente felicidad.

–Entonces yo te lo diré: quiero estar involucrado en la vida de mi hija.

–¿Cómo?

Maisie no estaba preparada para mantener esa conversación. Había pensado que no volvería a ver a Antonio en toda su vida y, de repente, estaba en su suite, con él haciendo demandas.

Antonio Rossi irradiaba poder, autoridad, carisma. Maisie sabía cosas sobre él que detestaba y, sin embargo, no podía negar la atracción magnética que ejercía sobre ella. Esos penetrantes ojos azules, la fuerte línea de su mandíbula, el pelo oscuro que caía sobre su frente y la hacía recordar cómo había pasado los dedos por él…

No podía dejar de mirar ese cuerpo alto, fuerte, que había aplastado el suyo. La camisa blanca del esmoquin hacía un perfecto contraste con su bronceada piel. Tenía un aspecto magnífico, poderoso… y totalmente fuera de su alcance. Apenas se podía creer que hubiera sido suyo por una noche. Aunque no lo había sido en realidad. ¿Y qué quería de ella ahora?

–Deberíamos compartir la custodia –dijo Antonio, como si fuese algo tan sencillo.

–¿Compartir la custodia? ¿Cómo? –exclamó Maisie–. Tú vives en Milán y yo en Nueva York. La niña solo tiene tres meses…

–Y yo me he perdido esos tres meses, pero no pienso perderme ni uno más.

–No pareces un hombre que quiera tener un hijo.

–No es una cuestión de querer, sino de deber, de responsabilidad.

–Ella no es solo un deber…

–¿Ella? ¿Se llama así?

–Sí.

–Ella –repitió Antonio en voz baja. Maisie vio un brillo de emoción en sus ojos, pero enseguida se dio la vuelta para mirar por la ventana–. La niña puede pasar la mitad del año conmigo y la otra mitad contigo.

–¿La mitad del año? ¿Me robarías a mi hija durante seis meses?

–Yo podría decir lo mismo.

–Pero tú trabajas todo el día, viajas continuamente. ¿Cómo vas a cuidar de un bebé? –le preguntó Maisie, aterrada. No podía dejar que eso pasara, pero… ¿cómo iba a evitarlo? Antonio era el padre de la niña y un hombre mucho más poderoso que ella. Sería una lucha desigual, pero lo intentaría con todas sus fuerzas–. No es razonable. Tendrías que contratar a una niñera cuando podría estar con su madre, la persona que más la quiere en el mundo…

–Tú también trabajas.

–Solo algunas noches. Y Max cuida de ella mientras trabajo.

–¿Max?

–Mi hermano. ¿Recuerdas que te hablé de él o también has olvidado eso?

–Recuerdo que hablaste de tu hermano –respondió Antonio.

–Y tú hablaste del tuyo –murmuró Maisie, recordando lo cerca que se habían sentido el uno del otro esa noche. ¿Había sido un espejismo, una mentira?

–No hablemos de eso ahora –dijo Antonio con tono seco–. Tenemos que pensar en el futuro.

–No podemos tomar una decisión tan importante en un minuto, sin reflexionar, sin pensar en lo que es mejor para la niña –insistió ella, intentando controlar el pánico.

Antonio conocía la existencia de su hija y, a pesar del miedo, era en cierto modo un alivio. Ya no tenía que ocultar la verdad y ahora los dos tenían que afrontar la situación. Sí, lo vería como algo bueno cuando se recuperase de la sorpresa.

–Tal vez ahora mismo no –asintió Antonio–. Pero tendrá que ser pronto porque me voy a Milán dentro de tres días.

–Y descubrir que tienes una hija no hará que cambies de planes, claro –replicó Maisie–. Qué buen comienzo.

–No quiero discutir contigo. Tienes razón, no podemos tomar decisiones ahora mismo. Te llevaré a tu casa e iré a buscarte mañana para seguir discutiendo el asunto.

Hablaba como un carcelero.

–¿Eso es necesario?

–Sí, lo es –respondió él, sacando el móvil del bolsillo–. Mi coche está esperando abajo.

–Tengo que trabajar hasta que termine la fiesta…

–La fiesta ha terminado –la interrumpió Antonio.

Maisie no dijo una palabra mientras bajaban en el ascensor. Él la miraba por el rabillo del ojo, intentando evaluar su estado de ánimo. ¿Aceptaría sus demandas o se opondría? Y, sobre todo, ¿qué quería él?

El nacimiento de Ella, su existencia, lo había tomado por sorpresa, pero su reacción instintiva había sido… protegerla, aceptarla como suya. La quería ahora y para siempre.

La fuerza de esa emoción lo dejaba atónito. Él nunca había pensado en el matrimonio o en tener hijos porque había visto de primera mano lo negativo y destructivo que podía ser. Sin embargo, allí estaba, contemplando una de esas opciones. El problema era que no sabía cómo iba a funcionar.

Maisie tenía razón, había muchas complicaciones. Que viviesen en ciudades diferentes, por ejemplo. Además, un niño, especialmente un bebé, necesitaba a su madre. En fin, tomaría una decisión cuando lo pensase bien. Lo más importante era que quería a Ella en su vida. Tenía que ser así.

Salió a la calle y se dirigió a la limusina aparcada frente a la puerta del hotel.

–Señor Rossi –lo saludó el chófer.

–Buenas noches, Carl.

Solía contratar al mismo conductor cuando iba a Nueva York, dos o tres veces al año. Pero no había vuelto desde que estuvo con Maisie.

¿Se habría encontrado con ella si hubiera vuelto

más a menudo? Si la hubiera buscado no se habría perdido los primeros meses de la vida de su hija.

«Su hija».

Aún no se lo podía creer. Y tampoco se podía creer que sus sentimientos por esa niña fueran tan profundos. Y, sin embargo, así era.

Maisie entró en la limusina y prácticamente se pegó a la puerta para escapar de él, girando la cabeza para mirar por la ventanilla.

—¿Dónde vives? —le preguntó Antonio.

—En Inwood.

—Eso está muy lejos de aquí.

—Lejísimos. La mayoría de la gente no lo considera parte de Manhattan siquiera, pero el alquiler es barato.

Antonio frunció el ceño. Era evidente que Maisie tenía problemas económicos y, por lo tanto, su hija también.

—¿Sigues estudiando? —le preguntó abruptamente.

—No, tuve que renunciar al curso cuando me quedé embarazada.

—¿Qué curso era?

—Interpretación de violín en Juilliard.

Eso lo sorprendió por completo. Había esperado algo práctico en una universidad pública, no que estudiase Música en uno de los mejores conservatorios del mundo. Debía de ser un sueño para ella, una aspiración, pero Maisie lo había dejado todo por su hija.

—¿Piensas retomarlo?

—No, no lo creo.

—¿Por qué no?

—Es muy difícil con Ella y, además, no sé si estoy hecha para soportar tanta presión.

Más cosas que no sabía sobre ella. Más cosas que

le despertaban una curiosidad insaciable y también inconveniente. No quería tener una relación con Maisie solo porque compartiesen una hija. Aunque ahora era padre, sabía que no estaba hecho para el matrimonio y menos para el amor. Entonces, ¿qué iba a hacer?

No hablaron durante el resto del viaje, mientras la limusina atravesaba las calles más destartaladas del norte de la ciudad. Por fin, Maisie indicó al conductor dónde debía girar y, unos segundos después, la limusina se detenía frente a un desvencijado edificio de ladrillo, con la pintura pelándose en la escalerilla de incendios y montones de papeles apilados frente al portal.

–¿Vives aquí? –le preguntó, sin poder disimular la censura en su tono. Aquel no era sitio para criar a un niño, al menos a un hijo suyo.

–Sí –respondió Maisie–. Está bien, hay muchas familias en el barrio. No te preocupes, no tienes que acompañarme a la puerta.

–Quiero ver dónde vives.

–Es muy tarde…

–Pero ya estamos aquí –la interrumpió Antonio, saliendo del coche y ofreciéndole su mano. Maisie tardó un momento en aceptarla, pero por fin lo hizo y el sedoso roce de sus dedos hizo que sus entrañas se encogieran de deseo.

Por suerte, ella soltó su mano en cuanto salió del coche para buscar las llaves en el bolso. Luego abrió el portal y, suspirando, le hizo un gesto para que entrase. Era oscuro y olía a fritos, a algo rancio

–¿No hay ascensor? –le preguntó, al ver que tomaba la escalera.

–No. Y vivimos en el sexto, así que espero que estés en forma.

–¿Con quién vives?

–Con Max.

Subieron los seis pisos en silencio, pero la angustia de Antonio aumentaba con cada planta.

–¿Cómo subías las escaleras cuando estabas embarazada?

–Nos vinimos aquí cuando nació Ella. Además, estuve en cama durante los dos últimos meses de embarazo.

–¿En cama? ¿Por qué?

–Sufría preeclampsia. Ella nació con tres semanas de antelación, por una cesárea de urgencia.

Y él no sabía nada de eso.

–Deberías haberte puesto en contacto conmigo. Yo podría haberte ayudado.

–Tú no querías saber nada de mí –le recordó Maisie, pero sonaba más cansada que enfadada en ese momento y Antonio se sintió culpable. Tenía razón, todo aquello era culpa suya por no haber querido escucharla.

–Lo siento.

Maisie lo miró, sorprendida.

–Ah, vaya. Al parecer, eres capaz de disculparte, qué sorpresa.

–Puedo disculparme cuando es necesario.

–¿Te disculpas ante la gente a la que dejas sin trabajo?

–¿Eso es lo que crees que hago?

–Un periódico te llama «El Destructor».

–Como te he dicho, no debes prestar atención a esa basura.

–¿Lo niegas?

–Mira, no es momento de hablar de mi negocio. ¿Por qué no abres la puerta?

–Muy bien, pero no hagas ruido. No quiero desper-
tar a Ella.

Abrió la puerta y entraron en un pequeño salón.
Era algo descuidado, pero agradable, con muchos ju-
guetes sobre la alfombra. Su hermano, que estaba
tumbado en el sofá, se levantó de un salto.

–Maisie… ¿quién es?

–No pasa nada, Max –dijo ella, volviéndose hacia
Antonio–. Es Antonio Rossi, el padre de Ella.

–¿Qué?

–Pero se irá enseguida.

–Quiero verla –dijo Antonio.

–Está dormida.

–No haré ruido –le aseguró él–. No me niegues
esto, por favor. Aún no he visto a mi hija.

¿Por qué no quería dejarlo entrar en la vida de
Ella? ¿De qué tenía miedo?

«Yo sé cómo eres, Antonio Rossi».

Maisie sabía demasiado y por eso mantenía las
distancias, pero no podía dejar que sus errores y debilidades fueran un obstáculo para la relación con su
hija.

–Muy bien, pero no hagas ruido.

Abrió una puerta y entró de puntillas, con él detrás,
conteniendo el aliento. La habitación era pequeña, el
limitado espacio estaba ocupado por una cama doble
y una cuna. Antonio miró el arrugado edredón y el
pijama en el suelo antes de mirar la cuna.

Se le aceleró el corazón mientras miraba a su hija,
que dormía con un puñito sobre la cara y las pestañas
rozando sus regordetas mejillas. Tenía la piel morena
y el pelo oscuro como él. Si había pensado en pedir
una prueba de paternidad, la idea se evaporó al ver a
la niña. Ella era, evidentemente, su hija; desde el pelo

oscuro al hoyuelo de la barbilla. La oyó suspirar entonces y se le encogió el corazón.

—Ella —susurró, solo para escuchar ese nombre, para reclamar su paternidad o, al menos, empezar a hacerlo. Con cuidado, bajó la mano para tocar su carita con un dedo.

—Antonio…

—No se ha despertado —dijo él.

Maisie parecía insegura y temerosa, pero también emocionada.

Eran una familia, quisieran ellos o no. Lentamente, volvió al salón y ella lo siguió. Max estaba de pie frente a la cocina, con aspecto enfadado. Maisie solo parecía cansada.

—Me voy, pero volveré mañana. Tenemos muchas cosas que discutir. Vendré a buscaros a las diez y entonces empezaremos a tomar decisiones —dijo con tono autoritario.

—Muy bien —murmuró ella.

—Nos veremos mañana.

No sabía si era una amenaza o una promesa, o cómo lo había entendido Maisie. Y le daba igual.

Capítulo 7

MAISIE dejó a Ella, recién comida y contenta, sobre una mantita rosa antes de ponerse a ordenar el diminuto apartamento.

Apenas había conciliado el sueño esa noche, dándole vueltas a la situación. No sabía lo que exigiría Antonio y cuánto estaría ella dispuesta a ceder, aunque no sabía si tendría alternativa.

Antes de irse a trabajar por la mañana, su hermano había insistido en que no tomase ninguna decisión sin meditarlo bien.

–Podemos hablar con un abogado, Maisie. Ese tipo no tiene por qué darte órdenes.

–Es el padre de Ella, Max. No puedo evitar que vea a su hija –le dijo, con el estómago encogido. ¿Insistiría Antonio en tener a la niña la mitad del año? Le parecía inconcebible y, sin embargo, sabía que «El Implacable Rossi» era un hombre que destruía vidas sin pensárselo dos veces.

Ella estaba empezando a protestar cuando sonó el timbre. Maisie se miró al espejo y torció el gesto. Su pelo era un desastre y tenía dos manchas en el jersey, pero no podía hacer nada, de modo que fue al telefonillo para abrir el portal. En cuanto Antonio entró en el salón sintió la necesidad de dar un paso atrás y tomar aliento. Era… demasiado. ¿Siempre había sido tan alto, tan fuerte? Llevaba un traje de chaqueta oscuro con una camisa azul claro y una corbata de color cobalto que destacaba el azul de sus ojos. Todo en él era magnético y poderoso.

Recordaba el aroma de su *aftershave* y le pareció que volvía a estar en el oscuro despacho, deliciosamente a su merced. Pero eso era lo último en lo que debería pensar en ese momento.

Ella dejó escapar un grito de protesta y Maisie tomó a la niña en brazos, agradeciendo la distracción.

—¿Qué le pasa? —preguntó Antonio.

—Nada, es un bebé. Los bebés son así.

—Yo no sé nada sobre bebés, francamente.

—Yo tampoco sabía nada antes de tener a Ella —admitió Maisie—. He tenido que aprender a toda velocidad.

—Ya me imagino —Antonio metió las manos en los bolsillos del pantalón, mirando a su alrededor.

Parecía tan fuera de lugar allí, pensó ella.

—¿Ya te has hecho a la idea de que eres padre?

—No estoy seguro. Pero, considerando que no tomamos medidas, supongo que debería haberlo pensado.

Maisie se puso colorada al recordar esa noche que lo había cambiado todo.

—Parece que teníamos otras cosas en la cabeza.

—Yo pensé que tomabas la píldora —Antonio se pasó una mano por la cara, incómodo—. Estoy intentando entender por qué no se me ocurrió pensar que podrías haberte quedado embarazada.

—No hay ninguna explicación —dijo ella—. Ingenuidad, tal vez.

—¿Ingenuidad?

Maisie se puso colorada, pero decidió que ya daba igual. No se iba a inventar amantes para salvar la cara.

–Yo no tenía experiencia, así que los anticoncepti-
vos nunca me habían preocupado.

–¿Por qué no?

¿De verdad no sabía lo que estaba dando a entender? Muy bien, tendría que decírselo a las claras.

–Porque era virgen, Antonio.

Él la miró un segundo como si no la entendiese.

–¿Virgen? –repitió, con tono de incredulidad.

–Sí, virgen. Pensé que te habrías dado cuenta porque… en fin, porque era más bien torpe.

–No eras torpe.

–Me sentía así. No sabía lo que estaba haciendo
–Maisie dio media vuelta, avergonzada por lo francos
que estaban siendo y por los recuerdos, una maraña
de imágenes sensuales que le aceleraban el pulso–. En
fin, por eso no se me ocurrió tomar medidas.

Antonio se quedó callado un momento.

–No sabía que fueras virgen.

–Ya da igual.

–No da igual. Si lo hubiera sabido…

–¿Qué? ¿No me habrías tocado? ¿Habrías encen-
dido unas velitas?

–No lo sé –admitió él–. Pero habría sido diferente.

–No tenemos por qué seguir pensando en ello.
Ahora hay que pensar en Ella, en lo que es mejor para
la niña.

–Estoy de acuerdo. Y lo que es mejor para la niña
es vivir con su padre y su madre.

A Maisie le dio un vuelco el corazón.

–¿Y cómo vamos a hacer eso?

Ella había empezado a protestar y, sin darse cuenta,
empezó a moverla de lado a lado mientras doblaba
primero una rodilla y luego la otra, una rutina que
solía calmar a la niña durante tantas noches en vela.

–¿Qué haces? –preguntó Antonio.

La miraba como si se hubiera vuelto loca y Maisie se imaginó que debía de ser un poco raro verla sacudiéndose de un lado a otro mientras doblaba primero una rodilla y luego la otra.

–Esto la tranquiliza. Lo probé una noche y desde entonces…

–Parece que no ha sido fácil.

–No, pero no cambiaría nada. Ni un segundo siquiera.

–Te creo –dijo él–. ¿Por qué no salimos? Hace un día precioso. ¿Tienes un cochecito?

–Sí, claro. Y le gusta mucho salir a pasear.

–¿Hay algún parque cerca?

–El parque Fort Tryon no está lejos. A veces la llevo allí.

–Muy bien, entonces iremos a ese parque y hablaremos –anunció Antonio.

Le parecía irreal, extraño, pasear por las avenidas del barrio con Maisie a su lado y Ella en el cochecito. ¿La gente pensaría que eran una familia? ¿Lo eran?

Durante diez años, desde la muerte de su hermano, había estado solo. Sí, había tenido aventuras, pero ninguna había significado nada para él. No había dejado que nadie lo conociese.

Hasta Maisie.

La noche que se conocieron había bajado la guardia y era por eso por lo que había fingido no recordarla. Y, por eso, esa noche había sido incapaz de conciliar el sueño, preguntándose cómo podía hacer frente a su responsabilidad para con su hija y mantener a Maisie a cierta distancia. Tenía que encontrar el modo de hacerlo.

Pasearon por el parque durante un rato, con el sol brillando sobre sus cabezas. Encaramado sobre una escarpada pendiente había un edificio de aspecto medieval que Antonio no había visto nunca.

–Es parte del Museo Metropolitano de Arte –le contó Maisie–. Una reconstrucción de un monasterio medieval.

–Ah, qué interesante.

Mientras paseaban, Ella movía las piernecitas en el cochecito, levantando la carita hacia el sol.

–Le gusta el movimiento –le contó Maisie–. Y le encanta ir en autobús.

–Cuéntamelo todo –dijo Antonio entonces–. El embarazo, el parto, todo.

Ella lo miró, sorprendida.

–Pensé que querías hablar del futuro.

–Sí, pero primero quiero saber algo del pasado.

–Muy bien.

Maisie le contó todas las cosas que se había perdido, todo lo que él no sabía. Sus náuseas matinales, la aparición de preeclampsia en el tercer trimestre.

–Se me hincharon los tobillos –le dijo, haciendo una mueca–. Me sentía fatal, por eso tuve que dejar las clases.

–¿Las echas de menos?

–En realidad, no tanto como pensaba y me siento un poco culpable.

–¿Por qué?

–Porque era mi objetivo. Cuidar de Max, conseguir que fuese a la universidad, mantenernos a flote… durante todo ese tiempo lo que me empujaba era estudiar en Juilliard. Cuando consiguiese una plaza, entonces todo tendría sentido, pero al final no ha sido exactamente así.

–¿Ah, no?

Maisie esbozó una sonrisa.

–¿De verdad te interesa?

–Sí, claro –respondió Antonio. Y lo decía de corazón–. Por supuesto que me interesa.

Estaban cruzando el puente sobre el río Hudson y Maisie miró el agua brillando bajo el sol, pensativa.

–Era como si, en lugar de haber llegado a la cima de la montaña, estuviese abajo del todo. Y había muchos escaladores dándose codazos para llegar arriba –empezó a decir, sacudiendo la cabeza–. Creo que no estoy hecha para ese tipo de competencia. Todos mis compañeros ponían la música por delante de todo lo demás y yo no soy así. Y no creo que pueda cambiar.

–Tal vez eso no sea negativo.

–No, no lo es. Jamás lamentaré haber cuidado de Max y, desde luego, nunca lamentaré haber tenido a Ella –dijo Maisie, mirando a su hija con expresión de arrobo.

Antonio miraba de una a otra, sorprendido. Maisie estaba pálida y tenía aspecto cansado, pero resultaba encantadora bajo la luz del sol, con los rizos bailando alrededor de su cara y las pecas en la nariz. Su figura era más redondeada por la maternidad y parecía más… femenina, más seductora.

Incluso ahora, especialmente ahora, Antonio la deseaba. Saber que había traído a su hija al mundo aguijoneaba su deseo, un hecho tan innegable como inconveniente.

–Pero de lo que tenemos que hablar es del futuro –dijo ella entonces–. Sé que ha sido una sorpresa descubrir que tienes una hija y me alegra que quieras cumplir con tu obligación…

–No, me parece que no lo entiendes.

Ella suspiró, impaciente, apartándose un rizo de la cara.

–Mira, sé que no hay sitio para Ella en tu vida y no es justo exigir la custodia compartida solo porque crees que es lo que debes hacer. O tal vez estás enfadado porque no has sabido nada de la niña hasta ahora...

–¿Crees que quiero la custodia compartida como una especie de venganza?

–Tal vez no como una venganza, pero... –Maisie vaciló, mirándolo con los ojos brillantes–. Eres conocido como un empresario sin escrúpulos. Te llaman «El Destructor». Te dedicas a desmantelar empresas y arruinar las vidas de los empleados sin la menor compasión.

–¿Me has visto trabajar? –le preguntó él, enfadado, pero también dolido. No le gustaba que tuviese tan mala opinión de él, aunque tampoco iba a defenderse de tan absurdas acusaciones.

Maisie creía conocerlo por lo que había leído sobre él, pero no lo conocía en absoluto. Y sin embargo... lo conocía demasiado bien. Era una situación imposible y sentía la tentación de darse la vuelta. Sería más fácil para todos y sabía que Ella estaría bien cuidada.

Pero no podía hacer eso. No podía abandonar a su hija. Él no había tenido el mejor ejemplo en casa, pero quería intentarlo al menos. Aunque Maisie no parecía muy dispuesta a permitírselo.

–Claro que no te he visto trabajar, pero he oído...

–Me has juzgado sin conocer los hechos –la interrumpió Antonio–. Has leído un par de artículos, la mayoría de ellos escritos por periodistas que inventan historias cuando no encuentran nada que criticar.

–¿Estás diciendo que no tiraste un edificio de apartamentos en Roma en el que vivían cientos de residentes de condición humilde?

Antonio apretó los labios.

—Veo que has hecho tus deberes.

—¿No lo niegas?

—¿Que mandé tirar un edificio? No, no lo niego.

Había sido un riesgo de incendio y una trampa mortal, pero no pensaba darle explicaciones.

Ella asintió con la cabeza, como si hubiera confirmado sus peores sospechas.

—En cualquier caso, no puedes negar que tu estilo de vida no es el adecuado para un bebé. Trabajas muchas horas, viajas continuamente, sales con una mujer diferente cada semana, la mayoría con pinta de no tener más que una neurona…

—Tienes muchos prejuicios contra mí, ¿no?

—La cuestión es que tu estilo de vida no es el adecuado para criar a un bebé.

Antonio respiró profundamente, intentando calmar su ira. Tenía razón y era una estupidez por su parte sentirse herido. La verdad era que no había tenido una relación romántica seria en toda su vida.

—¿Y si estuviera dispuesto a cambiar?

Ella lo miró, incrédula.

—¿Es así?

—¿Por qué no? Tú has cambiado. ¿Crees que yo soy tan diferente?

—Somos diferentes —respondió Maisie.

Antonio apartó la mirada. Eran diferentes, desde luego. Ella había salvado a su hermano mientras que él había matado al suyo. Y no sabía si era capaz de cambiar.

En realidad, no se merecía exigir un sitio en la vida de su hija. Y, sin embargo, le parecía intolerable no hacerlo porque era una oportunidad si no para redimirse, al menos para expiar sus culpas.

–No somos tan diferentes –insistió, obstinado, aunque sabía que era mentira. Eran totalmente diferentes. Maisie Dobson era una chica sincera, generosa y cariñosa. Alguien que pondría la vida de otra persona por delante de la suya propia. Tan, tan diferente a él.

–Entonces, ¿qué es lo que quieres? –le preguntó Maisie.

–Lo que quiero es que Ella y tú vengáis conmigo a Milán –respondió Antonio.

Capítulo 8

A MILÁN? –Maisie lo miraba, boquiabierta–. ¿Quieres decir que vayamos a visitarte?

–No, a vivir conmigo –respondió Antonio, cruzándose de brazos–. Es la única solución.

–¿Cómo que la única solución? Es absurdo.

–¿Por qué?

La niña empezó a llorar en ese momento y él la miró, compungido y angustiado.

–No pasa nada, solo tiene hambre. Tengo que darle el pecho.

–¿Por qué no vamos al hotel? La limusina está esperando frente al portal de tu casa.

Maisie vaciló. No quería estar en el terreno de Antonio como la noche anterior, pero sabía que debía elegir sus batallas y aquella no era importante. Irse o no a Milán sí lo era y tenía que reservar fuerzas para eso.

–Muy bien, pero será mejor que vayamos rápido. A Ella no le gusta esperar.

Quince minutos después, la limusina se detenía frente al hotel. Cuando entraron en la suite, a la que no había prestado mucha atención por la noche, se quedó asombrada de lo opulenta que era. Antigüedades y caras obras de arte competían con la maravillosa vista de la ciudad desde el ventanal.

–Es fabulosa –murmuró, dejando escapar una risita de incredulidad–. ¿Siempre te alojas en sitios así?

Antonio se encogió de hombros. Claro que sí, pensó Maisie. Aquello era lo normal para él. Pertenecían a dos mundos muy diferentes y, sin embargo, parecía querer unirse al suyo. Pero no estaba preparada para pensar en eso por el momento porque Ella estaba hambrienta y todo era tan precario y extraño.

–¿Qué necesitas? –le preguntó él.

–Solo un sitio tranquilo y un sillón cómodo –respondió ella–. Y tal vez un vaso de agua.

–Muy bien, tengo todo eso –asintió Antonio, esbozando una sonrisa.

Unos minutos después estaba en uno de los dormitorios, sentada en un cómodo sillón, con Ella chupando felizmente de su pecho. Al otro lado de la ventana, Central Park era una borrosa mancha verde. Maisie apoyó la cabeza en el respaldo del sillón y cerró los ojos. No había dormido mucho la noche anterior y empezaba a quedarse adormilada…

Un ruido la sobresaltó y cuando abrió los ojos vio a Antonio en la puerta, con un vaso de agua en la mano, mirándola con una extraña expresión.

Se dio cuenta entonces de lo expuesta que estaba, con la camiseta subida para darle el pecho a la niña.

–Lo siento –murmuró, sin saber bien por qué.

–No tienes que disculparte –dijo Antonio, dejando el vaso de agua sobre la mesilla–. Es una imagen preciosa.

–Parece que siempre tiene hambre –murmuró ella, acariciando la cabecita de la niña.

Antonio frunció el ceño.

–Siempre tiene hambre y nunca duerme. Parece que es muy exigente.

–Es un bebé normal. No estaba quejándome.

–No, pero me preocupas. Pareces cansada.

Maisie hizo una mueca.

–Si quieres decir que no soy capaz de cuidar de mi hija…

–No quiero decir eso en absoluto. ¿Por qué crees que quiero llevarte a Milán? Ella te necesita.

Maisie volvió a apoyar la cabeza en el respaldo del sillón.

–¿Cómo voy a irme a Milán? Ni siquiera tengo un visado.

–Eso puede arreglarse.

–¿Y qué voy a hacer allí? Ni siquiera hablo italiano.

–Podrías aprenderlo. Contrataré a un profesor.

Lidiaba con sus preocupaciones en cuanto las verbalizaba, pero eso no era suficiente. Aquello era imposible, absurdo. Y lo último que quería era que Antonio tratase sus dudas como si no fueran importantes. Lo último que quería era sentirse como un felpudo.

«¿Pero y si fuera lo mejor para mi hija?».

–No puedo, mi vida está aquí, en Nueva York.

Antonio enarcó una ceja.

–Sí, trabajando como camarera un par de noches por semana y dejando tus clases.

–Esa no es toda mi vida. Tengo amigos, a mi hermano. Tal vez a ti no te parece demasiado, pero…

–No estoy diciendo eso. Solo que tal vez podrías tomar en consideración un cambio… por el bien de nuestra hija.

Hacía que sonase tan razonable, pero ella sabía que no lo era. La gente no se cambiaba de país sin conocer a nadie, sin tener trabajo, sencillamente porque otra persona lo ordenase.

–No puedo pagar una mudanza. Apenas puedo pagar el alquiler de mi apartamento…

–Tú no tendrías que pagar nada, yo me encargaría de todos los gastos.

Eso sonaba muy tentador. No tener que preocuparse por el dinero por primera vez en su vida sería algo nuevo para ella. Y, sin embargo, tendría que depender de Antonio, un hombre en el que no sabía si podía confiar. Un hombre que no parecía preocupado por ella, solo por su hija.

–Me estás pidiendo demasiado.

–Piénsalo, Maisie. Por Ella.

La niña se había quedado dormida con la boquita abierta, las oscuras pestañas casi rozando sus mejillas regordetas. Era preciosa… y Antonio nunca la había tenido en brazos. ¿Podía ser tan injusta, tan poco razonable como para negarle a su hija? Sin embargo, la alternativa no podía ser mudarse a otro país, al otro lado del mundo.

–Tenemos que llegar a un compromiso.

–¿Dónde, en medio del Atlántico?

–¿Qué tal cuando sea un poco mayor?

–Entonces yo estaría ausente de su vida durante esos años.

–Podrías venir a visitarla…

–No quiero ser un extraño que aparece de vez en cuando, Maisie –la interrumpió Antonio–. Soy su padre.

Ella lo miró, en silencio, sintiéndose culpable e insegura.

–¿Puedo pensármelo al menos?

–Me voy a Milán dentro de dos días.

–¡Dos días! Pero eso no es razonable. Necesito tiempo.

–Ya me he perdido tres meses de su vida, Maisie. ¿Qué te retiene aquí, aparte de tu aversión a acceder a mis planes?

–¡Muchas cosas!

–¿Por ejemplo?

–Tengo amigos.

–Me imagino que son amigos del conservatorio y tú misma me has dicho que has dejado el curso.

Maisie se mordió los labios porque no quería admitir que era cierto. Tenía algunas amigas entre las mamás del barrio, pero acababa de conocerlas.

–¿Y Max? ¿Cómo voy a dejar a mi hermano?

Antonio la miró en silencio durante unos segundos. Sus penetrantes ojos azules eran extrañamente tiernos y eso la puso más nerviosa, como si estuviera acercándose a un campo magnético capaz de tragársela. Nuca había conocido a un hombre tan atractivo, nunca había sentido la emoción que sentía estando con Antonio y todo se magnificaba cuando la miraba con esa simpatía.

–¿Qué ocurre?

–¿No crees que sería mejor para Max que fueras conmigo a Milán?

Maisie hundió la cara en la cabecita de Ella para que Antonio no pudiese ver su expresión dolida. Le asustaba que tuviese razón.

–¿Qué quieres decir con eso?

–Solo que Max tiene veintitrés años, es un chico soltero y tiene un trabajo y buenas perspectivas. Ha renunciado a muchas cosas para ayudarte, como lo hiciste tú cuando él era adolescente.

Maisie miró a su hija con un nudo en la garganta. Sabía que tenía razón.

–No querrás que Max sacrifique tantos años como sacrificaste tú, ¿verdad? Me imagino que querrás algo mejor para él, para eso te sacrificaste.

¿Cómo podía un implacable empresario, famoso por destruir vidas y empresas, ser tan perceptivo?

–Hay una diferencia entre darle a Max algo de espacio y marcharme al otro lado del mundo –dijo Maisie por fin, pero era como si tuviese que hacer un esfuerzo para pronunciar cada palabra.

–Tal vez, pero solo una de esas opciones le daría la libertad que necesita.

Ella apartó la mirada. Sí, tenía razón, pero… ¿mudarse a Milán con Antonio, al otro lado del mundo? No quería irse a Milán y no tenía nada que ver con Max, con sus amigos o su vida en Nueva York, sino con el hombre que tenía delante, un hombre que la afectaba tanto como la había afectado un año antes. Un hombre que tendría su vida y su felicidad en sus manos. Y esa idea la aterrorizaba.

Era tan expresiva, pensó Antonio. No era capaz de ocultar nada, ni su miedo, ni su angustia. Sentía pena por ella, pero también cierta satisfacción. Iba a aceptar, solo era una cuestión de tiempo.

–Así que lo haría por Max –murmuró ella, con voz temblorosa–. Y por ti.

–Y por ti misma –se apresuró a decir él–. Esto no tiene por qué ser un sacrificio. Ya has hecho más que suficientes en tu vida.

–Ya, claro –dijo Maisie.

La niña abrió los ojos, de un vívido color azul, tan parecidos a los suyos. «Su hija». El corazón de Antonio dio un vuelco dentro de su pecho. No tenía tiempo para sentir pena por Maisie cuando estaba en juego la vida de su hija. Y su propia vida.

–Tu vida podría ser mejor en Milán. Tendrías una casa mejor, para empezar. Y podrías estudiar música sin tener que preocuparte del dinero.

–¿Así que estás dispuesto a pagar la manutención de Ella si hago lo que tú quieres y me voy a Milán, pero no si me quedo aquí? Eso no es justo, Antonio. Parece un chantaje.

–¿Y a ti te parece justo que no vea nunca a Ella? –le espetó él, intentando no sentirse culpable–. Tenemos que llegar a algún compromiso.

–No veo mucho compromiso si yo me mudo y tú sigues donde estás –replicó ella.

–¿Qué te retiene aquí, Maisie? Si es Max, tú sabes que a su edad necesita espacio y libertad. Aunque lo invitaré a visitarnos en Milán tantas veces como quiera.

–No es solo Max.

–¿Entonces?

–Todo, Antonio. Me estás pidiendo que ponga mi vida y la vida de mi hija en tus manos. Y, aunque seas el padre de Ella, para mí sigues siendo un extraño. Me asusta dejarlo todo para seguirte a un país extranjero donde no conozco a nadie –dijo Maisie, con los ojos brillantes–. Creo que soy una persona fuerte. Tras la muerte de mis padres, cuando descubrí que no habían dejado dinero, no me acobardé. Cuidé de mi hermano y pagué sus estudios. Y cuando descubrí que estaba embarazada hice lo mismo, pero eso no significa que quiera meterme en una situación imposible con alguien en quien no puedo…

–¿No puedes qué?

–En quien no puedo confiar –terminó ella la frase–. Aún no.

Antonio dejó escapar un largo suspiro, intentando no sentirse herido por su sinceridad.

–Muy bien, es justo. Acepto que no nos conocemos, así que pondremos barreras. Compraré una casa y la pondré a tu nombre… y tendrás un estipendio mensual. Pondré todo eso por escrito para que te sientas segura.

Maisie lo miraba con expresión afligida.

–Es muy generoso por tu parte, pero no se trata solo de dinero.

–Entonces, ¿de qué se trata?

–¡De mi vida y de la vida de mi hija! –exclamó Maisie–. ¿Y si Ella se encariña contigo y después de unos meses o unos años, tú decides que te has cansado y quieres volver con tus modelos? –le espetó con expresión fiera–. No voy a dejar que le rompas el corazón.

Por un segundo, Antonio tuvo la extraña sensación de que no estaba hablando solo de la niña. Pero eso, por supuesto, era una tontería. No le gustaba. Maisie había dejado eso bien claro y seguramente era lo mejor.

–Está claro que tienes muy mala opinión de mí.

–Debo tener cuidado, por Ella.

–Un período de prueba entonces –sugirió Antonio–. Seis meses. Si no estás satisfecha al final de esos seis meses, podemos renegociar. Pero debes quedarte en Milán durante ese tiempo.

Antonio le sostuvo la mirada, esperando que accediese, aunque en el fondo esperaba que no fuera así. Por miedo. Un miedo que lo hacía desear salir corriendo. Quería alejarse de Maisie, de Ella… ¿porque cómo iba a ser padre? ¿Cómo iba a tener una familia? El sentimiento de culpabilidad siempre sería una mancha en su alma.

Pero Maisie no tenía por qué saber eso.

–Seis meses –repitió ella, pensativa.

–Seis meses.

Parecía la Venus de Botticelli, con los rizos pelirrojos rodeando su precioso rostro ovalado y los labios entreabiertos. En sus brazos, Ella gorjeó y el inocente sonido desató algo dentro de Antonio. Quería aquello. Había perdido tanto en su vida, había cometido tantos errores, pero quería aquello. Lo necesitaba.

–Muy bien –dijo ella por fin.

Antonio sintió alegría y miedo a la vez. Quería aquello, pero… ¿y si volvía a fracasar? ¿Y si lo perdía todo?

No sabía si tendría fuerzas para pagar por sus pecados una segunda vez.

Capítulo 9

MAISIE miraba un cielo sin nubes por la ventanilla del avión, con el estómago encogido por la enormidad de lo que estaba haciendo.

Los dos últimos días, mientras se preparaba para el viaje a Milán, habían sido un remolino de actividad. Max se había mostrado incrédulo y preocupado por tal decisión, pero a pesar de sus protestas, Maisie había detectado un brillo de alivio en sus ojos. Y las protestas habían muerto con sorprendente velocidad mientras la ayudaba a hacer el equipaje.

Pero más que por Max, tenía que creer que estaba haciendo lo que debía por Ella. Antonio era el padre de la niña y se merecía la oportunidad de tener una relación con ella. Además, solo serían seis meses. Aunque en aquel momento, mientras miraba por la ventanilla del avión, seis meses le parecían una eternidad.

Antonio estaba trabajando en su ordenador desde que despegaron. De hecho, desde que tomó la decisión de ir a Milán se había vuelto más distante y eso hacía que se cuestionase su decisión. Era como si, después de haber conseguido lo que quería, ya no quisiera saber nada de ella o de su hija.

Nunca había tomado a la niña en brazos ni la había mirado con detenimiento. Maisie se preguntaba, con cierto pánico, por qué había querido que fuesen a Italia con él. ¿Iba a ser así siempre?

–¿Antonio?

–¿Sí? –respondió él, levantando la mirada de la pantalla.

Maisie se armó de valor. ¿Por qué se sentía como si fuera una carga? Aquello era lo que había temido, que yendo a Italia, confiándole su vida, empezaría a sentirse impotente, perdida.

Su vida en Nueva York podría no ser gran cosa para un hombre como él, pero era suya y lo último que deseaba era sentirse como una molestia.

–¿Quieres tomar a Ella en brazos? –le preguntó–. Apenas la has mirado desde que subimos al avión, pero tenemos un vuelo de ocho horas por delante y no hay mejor momento que el presente.

Antonio miró a la niña con gesto inseguro.

–Nunca he tenido un bebé en brazos. ¿Qué debo hacer?

–Tienes que sujetarle la cabecita, eso es lo más importante. No te preocupes, no se va a romper. ¿Quieres probar?

–No sé…

–Puedes hacerlo, no va a pasar nada.

Ver a su hija en los brazos de Antonio le parecía sorprendentemente conmovedor. Antonio apoyó su cabecita en el hueco del codo mientras Ella lo miraba con unos ojos azules iguales a los suyos.

–Hola, *bella* –murmuró, esbozando una sonrisa–. *Ciao*.

Maisie sonrió, emocionada.

–Tendrás que enseñarle italiano.

–Sí, lo haré –dijo él, con aparentemente convicción.

–Y a mí también.

No debería haber dicho eso, pensó entonces. Ellos

no iban a tener ese tipo de relación. Aunque Antonio no había hablado de nada específico, Maisie había entendido que vivirían por separado en Milán, conectados solo por su hija.

—Sí —dijo él, girando la cabeza para mirarla—. Y a ti también.

—También podría contratar a un profesor —sugirió ella—. O hacer un curso *online*…

—¿Por qué vas a hacer un curso cuando yo puedo enseñarte?

Antonio volvió a mirar a la niña con ternura. Ella pestañeó, mirándolo con infantil seriedad y luego, de repente, empezó a reírse. Un gorjeo infantil que era como un arco iris de pura alegría.

Antonio le devolvió la sonrisa mientras besaba su frente.

Maisie apartó la mirada, parpadeando para controlar las lágrimas. No había esperado que la afectase tanto verlo con Ella. Su hija. Para bien o para mal, eran una familia. Las dudas que la habían invadido hasta entonces empezaron a disiparse. Ir a Milán había sido una buena decisión y tal vez todo saldría bien si los dos se esforzaban.

Unos minutos después, Ella empezó a protestar y Maisie volvió a tomarla en brazos para darle el pecho.

—Eso es algo que yo no puedo hacer —bromeó Antonio.

Maisie se puso colorada, sintiéndose expuesta a pesar de la mantita con la que cubría su pecho. Todo aquello le parecía tan extraño e íntimo y, sin embargo, tan normal. Como si fuese lo más natural.

—Bueno, háblame de Milán —le dijo—. Yo nunca he estado en Europa.

—¿Dónde creciste?

–Al Norte de Nueva York. Me fui a Manhattan a estudiar.

–¿Y Max?

–Max estudió en Cornell y vivía conmigo para ahorrar dinero –Maisie sonrió con cierta tristeza–. Pero sé que tienes razón. Max necesita su libertad. Es bueno para él que me vaya, aunque solo sean seis meses.

Antonio frunció el ceño.

–Espero que no sean solo seis meses.

–Es un período de prueba –le recordó Maisie.

–Sí, pero yo estoy decidido a que sea un éxito.

–¿Y cómo va a funcionar exactamente? –Maisie se mordió los labios. No había querido hablar de ello tan pronto, pero tal vez era mejor así porque necesitaba saberlo.

–Supongo que iremos viéndolo –respondió Antonio–. Todo esto también es nuevo para mí. Lo primero es que Ella y tú estéis instaladas. Cuanto antes estéis instaladas, mejor.

¿O cuanto antes pudiera sacarlas de su casa y de su vida? Maisie no podía dejar de pensar que la intención de Antonio era meterlas en un apartamento y dejarlas allí. Aunque eso no debería molestarle porque no quería depender de él. Eso era lo que más temía.

Cuando por fin Ella se quedó dormida, la auxiliar de vuelo apareció con un moisés.

–Hay que tener unas manos muy firmes –comentó Antonio cuando Maisie metió a la niña en el canastillo sin despertarla.

–Con un poco de suerte, dormirá un par de horas –murmuró ella.

–Dijiste que tenía problemas para dormir.

–Como muchos otros bebés –se apresuró a decir

Maisie, a la defensiva, como si estuviese cuestionando si era una buena madre–. Solo tiene tres meses, pero pronto se acostumbrará a la rutina.

–Sí, claro.

Maisie volvió a mirar por la ventanilla. Sin tener que pensar en la niña, no sabía cómo actuar con un hombre que seguía siendo un desconocido.

La auxiliar de vuelo volvió para ofrecerles una carta y Maisie se quedó sorprendida por la variedad de platos.

–Es mejor que comer en un restaurante –comentó.

–Desde luego, mucho mejor que en clase turista –dijo Antonio.

–No lo sé, nunca había viajado en avión.

Él la miró, sorprendido, y Maisie deseó no haberlo dicho. Siempre estaba reconociendo su inocencia, su inexperiencia. No sabía nada de la vida porque había tenido que trabajar sin descanso para sobrevivir. Y en aquel momento se sentía… torpe.

–Me encanta poder ofrecerte nuevas experiencias –dijo Antonio, enarcando burlonamente las cejas–. Pero antes, vamos a pedir la cena.

Maisie lo miraba con cara de sorpresa y Antonio se preguntó qué estaba haciendo. Sin duda, también ella se lo preguntaba. A cientos de kilómetros del suelo parecía tan fácil descartar las reglas y dejarse llevar, disfrutar del tiempo que iba a pasar con ella. Incluso flirtear un poco.

Tener a su hija en brazos había sido una experiencia extraordinaria. Le daba miedo porque en lo que se refería a relaciones familiares temía ser lo opuesto al rey Midas, arruinando todo lo que tocaba. Pero cuando

Maisie puso a la niña en sus brazos había sido… maravilloso. Su sonrisa le había llegado al corazón, apretándolo como si no fuera a soltarlo nunca. Ahora sabía que había tomado la decisión acertada al llevarlas a Italia.

En cuanto a su relación con Maisie… la verdad era que no podía encontrar una explicación razonable para pedir champán con la cena, para brindar y sonreír cuando las luces de la cabina se apagaron, dejándolos en un capullo de intimidad. Ninguna razón en absoluto. Y, sin embargo, lo hizo porque quería hacerlo.

Mientras cenaban le preguntó por su infancia, cómo había sido su vida cuando vivían sus padres, por qué había decidido estudiar Música. Maisie respondía de forma insegura, tímida, pero poco a poco fue tomando confianza.

—Me encanta tocar el violín, pero es algo privado —le contó mientras él servía más champán—. Interpretar en público nunca me ha interesado demasiado. La música es lo que alimenta mi alma, no si hay gente escuchándome tocar.

—Alimenta tu alma —repitió él—. Una frase muy interesante.

—¿Qué alimenta tu alma, Antonio, desmantelar empresas? —le preguntó Maisie entonces—. Perdona —se apresuró a disculparse al ver que fruncía el ceño—. No debería haber dicho eso.

—Pero no apruebas lo que hago.

—No me gusta —respondió ella, levantando la barbilla en un gesto que Antonio ya conocía bien—. Arruinar la vida de tanta gente solo por dinero…

—Estaban arruinados de todos modos —dijo él, intentando no sentirse dolido. ¿Por qué le importaba que Maisie lo creyera un empresario sin corazón? Los periódicos y las revistas solían pintarlo así, sin hablar del lado altruista de su empresa. En cualquier caso, que ella pensara que era un empresario sin corazón era mejor que contarle la verdad.

—¿De verdad no había solución o algunos puestos se habrían salvado si las empresas no quisieran más beneficios?

—Las empresas para las que trabajo ya han sido adquiridas o se han fusionado con otras —respondió Antonio. No había querido dar explicaciones o justificarse, pero lo estaba haciendo porque le molestaba que Maisie pensara tan mal de él—. Me llaman para intentar minimizar el daño, no maximizarlo.

—Entonces, ¿por qué te pintan como alguien implacable?

—Puedo ser implacable —admitió él—. Las adquisiciones son despiadadas por naturaleza. Se pierden puestos de trabajo, algunas vidas quedan arruinadas… y eso vende más periódicos que cualquier buena acción.

Maisie hizo una mueca.

—A mí me parece un trabajo horrible, sórdido.

—Alguien tiene que hacerlo.

—¿Y ese edificio que mandaste demoler…?

Antonio suspiró.

—Era un desastre, Maisie, un peligro para todos los que vivían allí —respondió con tono brusco.

No le gustaba aquella conversación porque sabía que debería haber cierta distancia entre ellos. No podía dejar que el champán lo hiciera soñar con algo imposible.

—Tal vez deberíamos hablar de otra cosa —sugirió Maisie.

–Sí, será mejor.

Maldita fuera, ¿por qué se sentía tan dolido?

–¿Qué debo ver en Milán?

Él hizo una lista de museos, parques y fabulosas zonas de compras.

–Podríamos ir a alguno de los lagos –sugirió–. No están muy lejos de la ciudad y son preciosos.

–Eso sería estupendo –dijo Maisie.

A pesar de sí mismo, Antonio los imaginó sentados sobre la hierba, con Ella entre los dos, las aguas del lago brillando bajo el sol. Una familia feliz, pensó. Pero ellos no eran eso. No podían serlo. ¿Qué sabía él de familias felices? Solo sabía cómo destruirlas. Maisie tenía razón cuando decía que era despiadado, un destructor, pero ella no sabía… y él no iba a contárselo. Le había contado más que suficiente aquella lamentable y maravillosa noche.

–Se hace tarde –dijo entonces, con voz ronca–. Deberíamos dormir un poco.

Colocaron los asientos en posición horizontal, pero no era capaz de conciliar el sueño. Demasiadas cosas daban vueltas en su cabeza. La primitiva satisfacción de tener a Maisie y Ella con él luchaba contra la inquietud de que aquello fuese un terrible error.

Cuando por fin el cansancio se apoderó de él, bajó la guardia y cayó en un antiguo y tortuoso sueño. Paolo estaba mirándolo, con los puños apretados a los costados.

«¿Por qué me dejaste? Tú sabías que no debías hacerlo».

Por supuesto, Paolo nunca había pronunciado esas palabras. Nunca tuvo oportunidad de hacerlo, pero sus padres sí, antes de darle la espalda por completo. Antes de que destrozase a su propia familia.

«Lo siento, Paolo, lo siento».

En el sueño, nunca era capaz de pronunciar esas palabras, pero daba igual. Las palabras no significaban nada, no servían de nada. Paolo estaba muerto y era culpa suya.

–¡Antonio! –alguien le estaba sacudiendo el hombro y cuando abrió los ojos vio el rostro preocupado de Maisie–. ¿Estás bien?

Él se incorporó de golpe, pasándose una mano por el pelo.

–Estoy bien, sí.

–¿Has tenido una pesadilla?

Irritado, Antonio negó con la cabeza. No le gustaba ser tratado como si fuera un niño.

–Estoy bien.

La niña dejó escapar un grito y él hizo una mueca de disgusto. Debía de haberla despertado con su tono airado.

–Seguramente tiene hambre. Voy a darle el pecho.

Él asintió, intentando controlar sus emociones mientras Maisie se colocaba la mantita sobre el pecho. Pero después de comer Ella no parecía más tranquila.

–A veces está inquieta por las noches –Maisie suspiró, cansada.

–¿Quieres que la pasee un poco? Dijiste que moverla ayudaba.

–Si quieres…

–Claro que sí –Antonio tomó a la niña en brazos, asombrado de lo blandita y suave que era. Se la colocó en el hueco del codo y su corazón se hinchió de amor… y de miedo. Era tan preciosa, tan pequeña…

Paseó arriba y abajo por el pasillo del avión, acunando suavemente a la niña y canturreando una nana que recordaba de su infancia. Por fin, Ella dejó de protestar y cerró los ojitos. Antonio acarició su pelo. Era diminuta, frágil y preciosa. Y la quería. Sabía que haría cualquier cosa por ella, lo sacrificaría todo. Era un sentimiento profundo, instintivo y abrumador.

En aquella ocasión no lo estropearía todo. No, en aquella ocasión lo haría bien, por Ella y por él mismo.

Capítulo 10

—¿QUÉ TE parece?

Maisie miró el enorme vestíbulo de la villa situada a las afueras de Milán, abrumada por la grandiosidad y el lujo del edificio.

—Es enorme.

Antonio miró el folleto informativo.

—Trescientos ochenta metros cuadrados. No es tan enorme.

—Tal vez no lo sea para ti —dijo Maisie, apretando a Ella contra su pecho mientras paseaba por el inmenso salón con suelo de mármol—. No quiero parecer desagradecida, pero en un sitio tan grande me sentiría incómoda. ¿No podríamos buscar algo más pequeño?

—¿Quieres algo más pequeño?

—Sí, algo más acogedor.

—Muy bien —Antonio se volvió hacia el agente inmobiliario—. ¿Roberto?

—*Bene, bene* —dijo el hombre—. Tengo un sitio más pequeño. Pequeño, pero perfecto.

Sintiéndose un poco culpable, Maisie los siguió a la limusina. Habían llegado a Milán el día anterior y habían empezado a buscar casa por la mañana. Le daba vueltas la cabeza y no solo por el *jet lag*.

No entendía a Antonio, que a veces era encantador y otras parecía distanciarse. Era amable y cariñoso con la niña, pero resultaba agotador intentar descifrar sus estados de ánimo. Además, cada vez que se mostraba frío y distante empezaba a poner en duda su decisión de ir a Milán.

Porque la verdad era que Antonio le importaba. Cuando lo veía con Ella, cuando le hacía preguntas sobre su vida, recordaba lo tierno y apasionado que había sido esa noche. Lo recordaba y lo deseaba, aunque no fuese real, aunque no fuese el verdadero Antonio. Y desear a ese hombre era absurdo y peligroso.

Apenas habían hablado desde que llegaron a Italia y se instalaron en el apartamento de Antonio, el ático de un elegante *palazzo* en el centro histórico de la ciudad. Maisie estaba agotada y Ella quejumbrosa, de modo que se fueron inmediatamente al cuarto de invitados.

Cuando se despertó, lo encontró trabajando en su ordenador y se dedicó a explorar el ático. Era el típico apartamento de soltero, desde el cuarto de la televisión al gimnasio en la azotea o la modernísima cocina sin estrenar. Todas las superficies eran de granito, mármol o acero, los muebles angulosos y masculinos, la escalera de caracol una trampa mortal para una niña que pronto empezaría a gatear. Cuanto antes encontrase su propio apartamento, mejor, pensó Maisie, y no solo por la escalera.

Veinticuatro horas después de llegar a Italia, se dio cuenta de lo importante que era hacer su propia vida, independiente de Antonio, de sus cambios de humor y de su propio e inconveniente deseo.

Aquel día, con un traje de chaqueta gris hecho a medida, estaba tan atractivo que tenía que hacer un esfuerzo para no comérselo con los ojos. Era ridículo.

Quince minutos después se detuvieron frente a una

casa más modesta, aunque elegante, en un pueblo a las afueras de Milán. Era una casita preciosa, con persianas rojas y balcones de hierro forjado cargados de buganvillas. En el salón, con vigas de madera oscura en el techo, había dos amplios sofás y una chimenea de piedra. El comedor llevaba a una cocina grande, con unas puertas de cristal que daban a la terraza y al jardín, con una piscina rodeada por una cerca de madera. En el piso de arriba había tres dormitorios, el principal con un suntuoso cuarto de baño y dos habitaciones más pequeñas.

–¿Es una higuera? –le preguntó, mirando por la ventana de una de ellas.

–Eso parece –respondió Antonio.

–Esta casa es perfecta –dijo Maisie, volviéndose hacia él con una amplia sonrisa–. Acogedora y hogareña. ¿Pero no será demasiado?

Le incomodaba que él lo pagase todo, pero no había alternativa. Además, Antonio había pedido, o más bien exigido, que se mudase a Milán.

–¿Demasiado? Es una ganga y, por suerte, está disponible inmediatamente.

–Genial –dijo ella, luchando contra una mezcla de euforia y miedo. Sería estupendo tener su propia casa, pero estaba a las afueras de la ciudad, en un país extranjero y no hablaba una palabra del idioma. Era un poco abrumador.

–Supongo que necesitarás cosas para la niña. Si haces una lista, yo me encargaré de que las envíen esta tarde.

–¿Esta misma tarde? ¿Tienes una varita mágica?

–No, solo un talonario mágico –bromeó él.

Volvieron al apartamento de Antonio para buscar sus maletas y Maisie hizo una lista con todo lo que necesitaba. Eran muchas cosas, pero él apenas la miró mientras la guardaba en el bolsillo de la chaqueta.

–Si necesitas algo más, dímelo.

Le había regalado un *smartphone* de última generación con varios números de contacto: su despacho, su línea privada, el número de su móvil. A pesar de eso, Maisie sabía que no era accesible, al menos como a ella le gustaría.

Unas horas después de ver la bonita casa, se encontró allí, con Ella en brazos y las maletas a sus pies mientras el chófer de Antonio cerraba la puerta.

Hogar, dulce hogar.

Intentando no sentirse sola o asustada, le dio el pecho a la niña y la metió en la cama, rodeándola de almohadas para que no pudiera darse la vuelta.

Mientras Ella dormía empezó a ordenar sus cosas. Dos maletas y el violín era todo lo que había llevado, de modo que no tardó mucho. Luego paseó por la cocina y exploró el jardín, disfrutando del perfume de las flores y del sol sobre su cabeza. Aquello era el paraíso. Aunque un paraíso un poco solitario.

Cuando Ella se despertó, la sacó al jardín y extendió una manta bajo la higuera. Suspirando, levantó la cara para disfrutar del sol mientras la niña gorjeaba a su lado. Poco a poco empezó a relajarse. La vida allí podía ser estupenda.

Tal vez más tarde metería a Ella en el cochecito e iría a explorar el pueblo. Estaba segura de que haría amigos, pero no sabía qué papel tendría Antonio en su vida… o qué papel quería ella que tuviese.

El ruido de un coche en la entrada hizo que se levantase de un salto. ¿Habría vuelto Antonio? ¿Y por qué se sentía tan esperanzada, tan emocionada?

Pero no era Antonio, sino un mensajero con montones de paquetes. Maisie colocó a Ella sobre una manta en el salón y empezó a abrir cajas. Había una cunita blanca que había que montar, sábanas de franela rosa, un edredón bordado, una trona, una mecedora, un asiento de seguridad para el coche, un móvil musical, un montón de peluches, mantas y todo tipo de accesorios para bebés.

Era como Navidad, una fiesta. La verdad era que se sentía un poco abrumada.

Ella empezaba a protestar, de modo que decidió salir a dar un paseo. Esperaba que hubiese alguna tienda en el pueblo porque en la casa no había comida.

Con Ella en el cochecito, Maisie paseó por las antiguas calles del pueblo. Luego entró en una tienda de alimentación y compró *mozzarella*, tomates y albahaca, haciendo lo posible para explicar lo que quería a la propietaria de la tienda, que se partía de risa con sus gestos. Cuando volvieron a casa, el cielo empezaba a teñirse de un color violeta.

–¿Dónde has estado?

El tono acusador hizo que Maisie se detuviese de golpe en la entrada de la casa. Antonio, frente a la puerta, la miraba con gesto airado. Estaba muy atractivo sin la chaqueta y la corbata, con las mangas de la camisa subidas hasta el codo. Irradiaba poder y autoridad, además de un descarado atractivo sexual.

–He salido a dar un paseo –respondió Maisie–. No sabía que tuviera que darte explicaciones.

–Llevo una hora esperando. ¿Por qué no te has llevado el móvil?

–No sabía que iba a ser usado como un rastreador –respondió ella, pasando al lado de Antonio para abrir la puerta–. Tengo que darle el pecho a Ella.

No entendía por qué parecía tan enfadado. ¿Esperaba tenerla a sus órdenes? ¿Era así como iba a ser?

–¿Para qué has venido? –le preguntó con tono huraño.

–Para ver a mi hija –respondió Antonio–. Y para montar la cuna.

La cuna. Ahora se sentía culpable por ser antipática, pero ¿por qué se mostraba él tan hostil?

–Gracias, pero es que me confundes. A veces pareces tan amable e interesado y otras… –Maisie hizo un gesto con la mano–. Si quieres que esto funcione, tendremos que establecer unas reglas para llevarnos bien. No quiero que todo se convierta en una pelea.

Antonio intentó calmarse. La verdad era que no tenía ninguna razón para aparecer allí unas horas después de haberla dejado instalándose en la casa, salvo que quería verla y ver a Ella. Pero, en lugar de la hogareña escena que se había imaginado, él montando la cuna y quedándose a cenar, todo era tensión y hostilidad. Aunque no debería sorprenderle.

«Has destrozado a esta familia, Antonio».

Incluso ahora podía ver el rostro abrumado de dolor de su madre y sentir la familiar punzada de angustia en las entrañas. Pero eso era el pasado, Ella era su futuro. No podía renunciar, no lo haría.

–Lo siento –dijo por fin–. No es mi intención confundirte. Todo esto es tan nuevo para mí como para ti. Yo nunca… –Antonio hizo una pausa, intentando controlar sus emociones–. Nunca había tenido un hijo, pero tampoco había tenido una relación seria con nadie. Sospecho que tú conoces mi historia casi tan bien como yo –añadió, encogiéndose de hombros.

–Solo por lo que he leído en las revistas.

–No creas todo lo que publican. Solo una parte.

–¿Y entonces por qué has venido? Si de verdad eres el temerario y frívolo playboy que pintan las revistas, ¿por qué te importa tanto tu hija?

Antonio dio un respingo, asombrado por su franqueza.

–Mi familia es un desastre –respondió–. Y en parte, en gran parte, es culpa mía. Esta vez quiero hacerlo bien.

–¿Por qué es culpa tuya? Aquella noche dijiste algo parecido…

–No tiene sentido hablar del pasado –la interrumpió Antonio. Lo último que quería era un recordatorio de su debilidad. Esa noche estaba desesperado, borracho y patético. No quería revivirlo–. Admito que también yo estoy un poco sorprendido por la fuerza de mis sentimientos. Nunca pensé que tendría hijos, pero ahora que Ella está aquí… la quiero –dijo sencillamente–. Y quiero lo mejor para ella. Puede que no haga las cosas bien, pero te juro que lo intentaré.

–Te creo –dijo Maisie, mirándolo en silencio durante unos segundos–. ¿Por qué no montas la cuna? Sería genial que pudiese dormir en su cuna esta noche.

Antonio aceptó la sugerencia como el rechazo que sospechaba que era. Mejor para los dos, en realidad. No había necesidad de compartir secretos o acercarse demasiado.

Pasó horas leyendo las complicadas instrucciones de la cuna y cuando por fin consiguió montarla se había hecho de noche. Oía a Maisie moviéndose en el piso de abajo y se le hizo la boca agua cuando le llegó el olor a panceta frita de la cocina.

Después de montar la cuna, puso las sábanas y el edredón, fijó el móvil sobre el cabecero y colocó unos cuantos peluches en las esquinas antes de bajar al salón.

La escena que lo recibió era tan cálida y acogedora que casi se le saltaron las lágrimas. Ella estaba tumbada en una manta y Maisie, en la cocina, removía algo en una sartén que olía de maravilla. La mesa estaba puesta para dos y eso lo sorprendió.

Maisie se volvió hacia él con una sonrisa en los labios y un brillo de incertidumbre en los ojos.

—Es muy tarde, así que he pensado que querrías quedarte a cenar. Si no tienes otros planes, claro.

No tenía ningún otro plan. Había esperado que lo invitase a cenar y, sin embargo, vaciló. El anhelo y el miedo luchaban dentro de él. Deberían mantener las distancias, relacionarse solo a través de la niña. Pero también debían llevarse bien. Y tenía hambre.

Sí —dijo por fin con una sonrisa—. Gracias.

Maisie se la devolvió y Antonio intentó no fijarse en esos ojos que se iluminaban como esmeraldas, en los reflejos dorados de su pelo o en la curva de sus pechos bajo la ancha camiseta que llevaba.

—Incluso he comprado una botella de vino —dijo ella, señalando una botella que había sobre la encimera—. Yo no suelo beber, pero ya que estamos en Italia…

Antonio sacó un sacacorchos del cajón, abrió la botella y sirvió dos copas.

—Me estás corrompiendo —bromeó Maisie—. Primero whisky, luego champán y ahora vino… ¿Qué pasa? ¿He dicho algo malo?

—No, nada —respondió él.

No iba a decirle que tenía razón, que era un corruptor. Su madre lo había acusado de lo mismo, usando las mismas palabras, y no se refería a algo tan inofensivo como una copa de champán o una botella de vino.

«Tú lo has corrompido, Antonio, tú has destrozado su vida».

—Solo estaba bromeando —dijo Maisie.

—Lo sé. Venga, bebe.

—Solo puedo tomar un poco, estoy dando el pecho. Pero gracias por todo esto, por la cuna, los peluches, todo.

—La cuna ya está montada. ¿Quieres verla?

—Sí, claro —respondió Maisie, tomando a Ella en brazos—. La pasta aún está haciéndose.

Subieron a la habitación y, cuando Antonio encendió la lámpara de la mesilla, el cuarto de la niña quedó bañado por una acogedora luz dorada.

—Es preciosa —Maisie pasó una mano por el edredón, con un bordado de corderitos y patos, y luego tocó un conejito de peluche colocado en una esquina—. Todo está perfecto. Muchas gracias.

Dejó a Ella en la cuna y la niña sonrió, mirando el móvil con los ojos muy abiertos.

—Y hay una cosa más —Antonio tiró de la cuerdecita del móvil y empezó a sonar una sinfonía de Brahms interpretada al violín.

—Ah, qué bonito —murmuró Maisie, emocionada.

—Tal vez tú la tocarás algún día.

—Es un detalle precioso, gracias —Maisie puso una mano en su brazo y, de repente, el aire se cargó de tensión.

Antonio contuvo el aliento. Deseaba tanto besarla de nuevo… y estaban tan cerca. Pero no creía que ella supiera lo que estaba haciendo. No creía que supiera que estaba invitándolo abiertamente o cuánto deseaba él aceptar la invitación.

Entonces Ella dejó escapar un grito y el efecto fue como un cubo de agua fría. Maisie dio un paso atrás y Antonio se irguió, pasándose una mano por el pelo. Habían estado muy cerca. Demasiado cerca.

—La pasta ya debe de estar lista…

—Yo llevaré a Ella.

Maisie salió corriendo de la habitación y Antonio sacó a la niña de la cuna. ¿Qué locura lo había poseído? No podía volver a acostarse con ella porque sabía dónde llevaría eso. Maisie ya lo conocía demasiado bien. ¿Qué pasaría cuando supiera la horrible verdad?

Lentamente, bajó al salón y dejó a Ella sobre la manta mientras Maisie servía la pasta en dos platos. Era una escena tan cálida, tan hogareña y encantadora.

Era demasiado.

—Lo siento, pero no puedo quedarme —dijo con sequedad. Vio un brillo de decepción en los ojos de Maisie, pero no podía hacer otra cosa—. Tengo que trabajar… tengo que volver a la oficina.

Ella se cruzó de brazos, mirándolo con el gesto torcido.

—¿Sabes una cosa? Si no eres capaz de decidir si quieres formar parte de nuestras vidas, prefiero que no vuelvas por aquí. Toma una decisión, Antonio.

Él sabía que tenía razón, pero se sentía dolido.

—Muy bien. Nos veremos la semana que viene.

Y después de decir eso salió de la casa.

Capítulo 11

DURANTE las siguientes semanas establecieron una rutina a la vez agradable y desconcertante. Maisie disfrutaba decorando la casa y cada mañana llevaba a Ella al pueblo para mirar las tiendecitas y sentarse en alguna terraza para tomar un café o un refresco. También había encontrado un grupo de madres y, aunque la barrera del lenguaje seguía siendo un problema, le sorprendió lo fácil que era comunicarse con una mezcla de gestos y el poco italiano que había aprendido.

Ella parecía contenta, dormía mejor y protestaba menos durante el día. Charlaba con Max por videoconferencia y, aunque su hermano seguía un poco preocupado, Maisie veía alivio en sus ojos. Y lo entendía. Era joven y quería vivir la vida. Se alegraba por él. Además, también ella estaba disfrutando en Italia más de lo que había esperado… salvo por una cosa.

Antonio era el problema, la ola turbulenta en un mar generalmente plácido. Después de la primera noche, cuando se marchó antes de cenar, había vuelto con un frío calendario de visitas. Había propuesto visitar a Ella en días alternos y también los sábados.

—Si necesitas una niñera solo tienes que decírmelo.

—Tal vez lo haga —dijo Maisie, intentando no sentirse decepcionada. Ella quería que fuesen amigos, pero Antonio solo parecía tolerarla por Ella y eso le dolía más de lo que debería.

Antonio también había contratado a una profesora de italiano, una sonriente abuela que tomaba a Ella en brazos mientras ella repetía frase tras frase. Empezaba a hacer progresos, pero el padre de la niña seguía siendo un frustrante enigma.

Durante sus visitas podía ser encantador y divertido. Si tenía algún problema, fuese un grifo que goteaba o que necesitaba un coche, Antonio lo solucionaba con celeridad. El día que le envió un todoterreno se quedó sin habla, pero él se limitó a encogerse de hombros.

A pesar de esos actos de generosidad, seguía mostrándose distante cuando le hacía alguna pregunta personal. Su vida seguía siendo suya, él la visitaba a ella y no al revés.

En general, pensó mientras estaba sentada frente a la piscina una tarde, dos semanas después, a pesar de los lujos, el sol y los nuevos amigos que había hecho, se sentía inquieta y descontenta, como si quisiera algo más. Pero no sabía qué.

El sol empezaba a ocultarse tras las copas de los árboles, así que tomó a Ella en brazos para entrar en la casa. Antonio había cenado allí la noche anterior, de modo que no lo esperaba aquel día y eso la entristecía un poco.

La verdad era que se sentía sola y seis meses le parecían mucho tiempo. Si Antonio hiciese algún esfuerzo, si la dejase entrar en su vida, aunque solo fuera un poco, pero no era así. Sabía que no debería importarle, que no debería soñar con imposibles. Aunque pareciese un padre devoto, Antonio era un playboy, un empresario frío y sin corazón.

Ella estaba en la cuna y la casa en sombras cuando alguien llamó a la puerta. Maisie fue a abrir y se quedó atónita al ver a Antonio.

—Pensé que hoy no vendrías —le dijo—. Ella está durmiendo.

—No he venido por Ella.

Algo aprensiva, Maisie dio un paso atrás para dejarlo entrar. Antonio parecía inquieto, incluso enfadado. Tenía sombra de barba y el pelo algo alborotado. A pesar de la tensión que emanaba, seguía siendo increíblemente atractivo y dio otro paso atrás, recordando lo fácil que había sido para él seducirla una vez.

—¿Qué ocurre?

—¿Tienes algo de alcohol?

—No, lo siento —Maisie se cruzó de brazos—. ¿Por qué has venido?

Él esbozó una sonrisa torcida mientras se dejaba caer en el sofá.

—Porque no podía estar solo.

—¿Por qué no? —preguntó ella, sentándose en el otro sofá.

—¿Sabes qué día es hoy?

Ella tardó un momento en recordar, pero cuando lo hizo se le encogió el corazón.

—Es el aniversario de la muerte de tu hermano.

—Y de la concepción de Ella —dijo Antonio, mirándola con esos ojos azules tan penetrantes—. ¿Te acuerdas?

—Claro que me acuerdo, pero pensé que tú no querías recordarlo —murmuró Maisie, apartando la mirada.

—¿Porque una vez fingí no conocerte?

—No solo por eso, por muchas otras cosas —Maisie tomó aire, dispuesta a decirle lo que pensaba—. A veces parece que te gusta estar conmigo, pero otras… es como si ni siquiera te cayese bien.

Antonio soltó una carcajada.

—Me gustas, Maisie. Me gustas demasiado.

Eso no debería emocionarla, pero así fue.

—Entonces, ¿por qué…?

—¿Crees que soy un canalla?

—No…

—¿Un poco canalla?

—No, claro que no. No me gusta tu trabajo, pero como hombre… —Maisie no sabía cómo terminar la frase. Aquella conversación era tan íntima como la que habían compartido un año antes, cuando entró en el despacho y, sin saberlo, cambió su futuro.

—¿Como hombre?

—No sé, Antonio. No me has dado la oportunidad de conocerte.

—Porque no creo que te gustase lo que podrías descubrir.

—Tal vez deberías dejar que eso lo decidiera yo —dijo Maisie—. Me gustan muchas de las cosas que veo en ti. Eres cariñoso con Ella y considerado y generoso conmigo. Siempre piensas en lo que puedo necesitar antes de que lo haga yo.

Antonio se encogió de hombros.

—Solo se trata de dinero.

—No, no es solo dinero. Pones tiempo y esfuerzo también. Y puedes ser divertido y encantador…

—Solo en apariencia.

—¿Por qué piensas tan mal de ti mismo? ¿Qué te persigue?

Porque estaba segura de que algo lo perseguía y quería saber qué era para ayudarlo, para liberar a aquel hombre que tanto le importaba, aunque no fuera sensato. Aunque mantuviese las distancias para proteger su corazón.

—¿Se trata de la muerte de tu hermano?

Antonio se quedó callado durante largo rato y Maisie pensó que no iba a responder. Pero quería saberlo, necesitaba saberlo. Antonio era el padre de su hija y, sobre todo, el único hombre de su vida. Quería estar cerca de él, ayudarlo si era posible.

«¿Amarlo?».

Esa pregunta la sorprendió. Ella no amaba a Antonio. Claro que no. No lo conocía lo suficiente como para experimentar un sentimiento tan profundo. Y, sin embargo, debía reconocer que le gustaría amarlo, abrirle su corazón. Nada de lo que había ocurrido entre ellos le daba esperanzas y sin embargo…

—Maisie, ¿me harías un favor?

—¿Qué favor?

—¿Tocarías para mí?

Ella lo miró, sorprendida. Antonio sabía que no debería haber ido esa noche, pero lo había hecho empujado por la desesperación y el profundo pesar que intentaba contener durante trescientos sesenta y cuatro días al año. Esa noche era terrible para él y no quería estar solo. Quería estar con Maisie.

—¿Quieres decir…?

—El violín. Nunca te he oído tocar y me gustaría mucho.

—Hace meses que no toco —admitió ella—. Desde que nació Ella.

—¿Tocarías para mí? —insistió Antonio. Le gustaría escucharla. Quería dejarse llevar por la música, por la pasión de otra persona. La pasión de Maisie. Y, sobre todo, quería olvidar—. ¿Por favor?

—Muy bien, de acuerdo —susurró ella, levantándose para tomar el violín.

Cuando empezó a tocar, de inmediato reconoció

las melancólicas notas de *Adagio para cuerdas* del compositor estadounidense Samuel Barber y dejó que la música lo llenase, lo habitase, llevándolo a un sitio lleno de anhelo y tristeza al que intentaba no acceder, que lo partía por la mitad y lo dejaba expuesto y roto.

Antonio cerró los ojos, luchando contra una oleada de recuerdos que lo ahogaba. Una noche al año se dejaba llevar por la pena y el sentimiento de culpabilidad… y era una tortura. Una tortura que se merecía.

No se dio cuenta de que Maisie había dejado de tocar hasta que notó el roce de su mano en la mejilla.

–Antonio… –pronunció su nombre como un ruego, una promesa. Él mantuvo los ojos cerrados, disfrutando del roce de su mano, aunque sabía que no debería. Había intentado distanciarse y allí estaba, estropeándolo todo–. Pareces tan angustiado –susurró Maisie–. Tan atrapado.

–Estoy atrapado –las palabras salieron de sus labios sin que pudiese evitarlo–. Nunca seré libre.

–¿Por qué te culpas a ti mismo por la muerte de tu hermano? Ese es el problema, ¿verdad?

–Fue un accidente de coche –Antonio apenas se podía creer que estuviese contándole la verdad–. Un conductor temerario, un segundo.

–¿Eso es lo que pasó con tu hermano? ¿Conducías tú?

–No, conducía Paolo, pero yo conducía el otro coche –Antonio tenía los ojos cerrados porque no quería ver el horror en los ojos de Maisie–. Estábamos haciendo una carrera.

–Una carrera…

–Sí, una carrera. Lo nuestro eran los deportes extremos, nuestra forma de escape –dijo Antonio. Estaba intentando justificarse y sabía que no podía hacerlo–.

Lo mío, mi escape. Y arrastré a Paolo conmigo. Mis padres se peleaban a menudo... mi padre estaba deprimido desde que perdió su empleo. Era una forma de dejar todo eso atrás por un rato.

—Es comprensible —murmuró ella. Pero parecía reservada y era lógico.

—¿Comprensible o inimaginable? —Antonio dejó escapar una risa ronca que parecía un grito de dolor—. Paolo tenía cinco años menos que yo y se apoyaba en mí, me copiaba en todo. Y yo lo llevé a la muerte.

—Fue un accidente...

—Uno que podría haberse evitado. Yo lo empujé, Maisie —Antonio abrió los ojos para castigarse mirándola mientras le contaba la verdad—. Él ni siquiera quería hacer una carrera aquel día. Yo le llamé cobarde, lo empujé...

—Pero tú no podías saber...

—No, pero debería haberlo sabido. Debería haber sido cauto en lugar de temerario. Debería haber pensado en él y no en mi estúpida descarga de adrenalina.

—¿Y qué pasó? —le preguntó ella en voz baja.

—Empezó a llover. Él quería parar, pero yo insistí en seguir... quería hacer una carrera de noche, en una calle solitaria —Antonio sacudió la cabeza—. Era una locura, pero quería hacerlo. Y, como yo era su hermano mayor, Paolo hizo lo que le pedía. Pisó el acelerador y me adelantó... —volvió a cerrar los ojos, pero las imágenes eran imposibles de borrar—. Perdió el control del coche. Yo vi cómo pasaba. Vi que chocaba contra una barrera y luego estallaba en llamas... —se detuvo, incapaz de seguir, aunque debía hacerlo. Nunca se lo había contado a nadie y hacerlo ahora era como un exorcismo—. Me quedé ahí, sin poder hacer nada, mientras mi hermano moría abrasado.

–Antonio –murmuró Maisie. Que su voz estuviese cargada de pena en lugar de censura lo enfureció.

–¿Es que no lo entiendes? Yo lo maté.

–Sé que sientes que eso fue lo que pasó, pero no es verdad.

–Tú no puedes saberlo. No puedes decir eso.

–¿Por qué no?

–Porque no estabas allí. Tú no sabes…

–¿Por qué te odias tanto a ti mismo, Antonio? ¿Por qué no puedes perdonarte? Tú no sabías que tu hermano iba a morir. Tú no querías hacerle daño.

–Pero se lo hice.

–¿Qué pasó tras la muerte de Paolo?

–¿Qué quieres decir?

–Con tu familia.

–La destrocé –respondió Antonio–. Mi familia se desmoronó.

–Por lo que has dicho de la relación entre tus padres, parece que ya tenían problemas.

–Yo los empeoré mil veces.

–La muerte de tu hermano empeoró la situación –lo corrigió ella–. Pero eso fue hace once años, Antonio. El dolor no desaparece nunca, yo lo sé bien, pero tienes que olvidar, tienes que curar. ¿Por qué no has curado?

Esa pregunta lo tomó por sorpresa. Nadie se lo había preguntado antes. Nadie había sabido que debía preguntar. Se dio cuenta en ese momento de lo roto que estaba por dentro, y de que Maisie lo veía. Lo había visto aquella noche, cuando se conocieron. Ella lo veía por lo que era y seguía allí.

–No lo sé –respondió por fin con voz estrangulada.

–La cura llega con el perdón. Tienes que perdonarte a ti mismo. Aunque haya gente que no esté dispuesta a perdonarte…

–Mis padres me odian, no me dirigen la palabra –Antonio intentó que su voz sonase firme, pero fracasó–. No me han hablado desde el entierro de Paolo.

–No es culpa tuya.

Él abrió los ojos, emocionado por la sinceridad de su tono y consolado por su convicción.

–¿Cómo puedes ser tan buena persona, Maisie Dobson? –le preguntó en voz baja–. Has soportado tantas penalidades… ¿cómo puedes seguir siendo tan generosa? ¿Cómo puedes seguir creyendo en los finales felices?

–Porque la alternativa es demasiado horrible –respondió ella–. No habría razones para vivir, no habría esperanza si no creyera que tiene que haber un propósito en el dolor, que hay algo después del sufrimiento.

–Eres demasiado buena para mí.

En cuanto lo dijo supo que era verdad. Maisie era demasiado buena y él la corrompería, la destrozaría como había destrozado a su familia. Por eso tenía que alejarse.

Pero no podía hacerlo. Al contrario, estaba acercándose a ella, tomando sus manos porque necesitaba perderse en la maravillosa realidad de su roce, de su aceptación. De su perdón.

Maisie no se movió, no apartó las manos.

Todo pareció quedar en suspenso. Antonio estaba tenso de expectación e incluso de esperanza, algo que no había sentido en tanto tiempo.

–Maisie –murmuró. Y era a la vez una pregunta y una respuesta.

Ella abrió los labios y, sin esperar más, Antonio se inclinó hacia delante y la besó.

Capítulo 12

EL BESO de Antonio era como volver a casa. Maisie sabía que no era la primera persona en pensar tal cosa, pero era cierto. Tan cierto en aquel momento, cuando todas sus dudas e incertidumbres eran barridas por la sinceridad del dolor de Antonio y por la promesa del beso.

Él tomó su cara entre las manos, con un gesto tan tierno que le encogió el corazón, y siguieron besándose, conectando sus almas. Era algo más profundo y más íntimo que la noche que se conocieron y, sin embargo, solo era un beso. Salvo que no era solo un beso.

Por fin, Antonio se apartó para mirarla a los ojos.

–Maisie…

–Deseo esto –lo interrumpió ella, poniendo una mano en su cara–. Lo deseo tanto…

No tuvo que decirlo dos veces. Antonio se levantó del sofá y tomó su mano para llevarla al piso de arriba. La casa estaba a oscuras, en silencio, todo sosegado y expectante. Una vez en el dormitorio soltó su mano y Maisie se volvió hacia él, esperando, dispuesta y convencida.

Antonio la atrajo hacia sí y la besó suave, tiernamente. Maisie cerró los ojos. Aquel beso parecía diferente, menos urgente, desesperado y triste.

Entre la pasión y el deseo, experimentó un despliegue de esperanza, de felicidad, y pensó que Antonio también lo sentía. No podría besarla de ese modo si no fuera así.

La besaba con tal ternura, con tan dulce pasión que su corazón se derretía, anhelante mientras se apretaba contra él y se lo ofrecía todo.

La ropa desapareció como por arte de magia, un susurro de tela, el ruido de un botón o una cremallera. El cuerpo de Antonio era tan hermoso, bronceado a la luz de la luna, sus músculos como esculpidos por un artista.

Él apartó el edredón y tomó su mano. Se tumbaron en la cama, abrazados, manos y bocas buscando las del otro mientras el resto del mundo desaparecía.

Maisie se arqueó bajo las sabias caricias, maravillándose de lo bien que la conocía, de cómo descubría sus lugares secretos y la llevaba al borde de un precipicio de placer una y otra vez hasta que por fin se dejó caer, gritando, mientras su cuerpo se convulsionaba.

Antonio buscó un preservativo en el bolsillo del pantalón y ella dejó escapar una risita.

–Hoy estás preparado.

–Nunca viene mal.

Unos segundos después se enterraba en ella y Maisie cerró los ojos, dejando que la llenase. Empezaron a moverse con un ritmo exquisito, escalando hasta las mareantes alturas una vez más.

Después, Antonio la envolvió en sus brazos y se tumbó de espaldas, llevándola con él. Envuelta en el capullo de sus brazos, se sentía a salvo, protegida como no se había sentido nunca.

Ninguno de los dos dijo nada, pero no había necesidad. En algún momento se quedó adormilada, y se despertó sobresaltada cuando oyó llorar a su hija.

–Voy a buscarla –le dijo Antonio al oído.

Adormilada, Maisie se hizo un ovillo en el cálido hueco de la cama mientras él se ponía el calzoncillo e iba a atender a su hija. Poco después lo oyó cantándole a la niña y, conteniendo el aliento, se puso la bata y fue de puntillas por el pasillo.

Antonio sostenía a su hija con un fuerte brazo, acunándola suavemente mientras le cantaba una nana en italiano con voz de barítono. Ella parpadeaba, contenta, y el corazón de Maisie se hinchió de amor y gratitud. No cambiaría aquel momento por nada del mundo. Solo le gustaría poder prolongarlo.

Ella empezaba a cerrar los ojitos y, cuando por fin volvió a quedarse dormida, Antonio la dejó delicadamente en la cuna.

Entonces vio a Maisie en la puerta y se irguió, sonriendo. Ella le devolvió la sonrisa, con el corazón lleno de amor; un amor tan intenso que era doloroso. Le daba miedo sentir tan profundamente, querer algo de ese modo.

Porque en ese momento quería a Antonio. No solo como amante o como amigo, sino como compañero, como alma gemela. Eso la sobresaltó y, sin darse cuenta, dejó de sonreír.

Antonio frunció el ceño al notar el cambio de actitud, pero no dijo nada mientras volvían al dormitorio.

–Gracias –dijo ella entonces.

–Es lo mínimo que podía hacer. Eres tú quien cuida de la niña todos los días.

–No es ninguna carga –Maisie se dio cuenta de que había respondido con brusquedad, pero la verdad era que descubrir lo que sentía por Antonio, y cuánto esperaba de él, la asustaba.

Habían compartido una noche intensa, pero ¿había

sido real? ¿Podía confiar en aquel hombre? ¿Quería hacerlo?

Siempre había tenido mucho amor que dar, pero sabía cuánto dolía perder a un ser querido. La muerte de sus padres, el rechazo de Antonio… sentía recelos y eso la ponía a la defensiva.

—No quería decir eso —murmuró Antonio—. Y creo que debería irme.

Ella parpadeó, sorprendida. No había esperado que se fuera, ¿pero por qué no? Antonio no había cambiado. Seguía siendo el hombre que era. Ella había tenido una revelación esa noche, pero eso no significaba que a él le hubiera pasado lo mismo.

—Como quieras.

Lo vio vestirse sin saber qué decir. ¿Iban a hablar de lo que había pasado o a fingir que no había pasado nada? ¿Y qué quería ella?

Antonio terminó de vestirse en silencio y salió de la habitación. Maisie fue con él, mirándolo mientras se ponía la chaqueta y sacaba las llaves del coche.

—¿Cuándo volverás? Para visitar a Ella, quiero decir.

Él hizo una mueca.

—Sé lo que quieres decir. Vendré el sábado, como suelo hacer.

—¿Pasaremos el día juntos? —Maisie intentaba no mostrarse esperanzada. Habían pasado los últimos sábados juntos, paseando por el campo, pero tal vez las cosas habían cambiado. Tal vez Antonio quería que cambiasen.

—No sé… quizá sería mejor que me llevase a la niña. Tengo que acostumbrarme a estar solo con ella.

—Pero tengo que darle el pecho.

—¿No podrías preparar un biberón?

–Ella no toma biberón todavía.

–Tiene más de tres meses. Tal vez debería empezar a hacerlo.

Maisie abrió la boca para discutir. ¿Qué sabía Antonio de biberones y bebés? Pero volvió a cerrarla sin decir nada porque tenía razón. Si iba a estar a solas con su hija, Ella tendría que acostumbrarse al biberón. Pero no le gustaba y no podía evitar sentirse dolida.

–Muy bien –dijo por fin.

Antonio asintió antes de despedirse y Maisie se apoyó en la pared. ¿Cómo había terminado todo tan mal? ¿Y qué había esperado?

Se quedó así un momento, en silencio, pensativa. Luego, lentamente, volvió a su habitación. Las sábanas olían a él y tuvo que hacer un esfuerzo para no ponerse a llorar.

Era mejor así. La muerte de sus padres había dejado una herida abierta en su interior que solo ahora estaba empezando a curar. ¿Podía dejar que le importase tanto otra persona y que la herida volviera a abrirse?

Era mejor que la relación entre ellos fuese distante y formal. Esa noche había sido una aberración, una aberración maravillosa y devastadora.

Maisie se metió en la cama y se cubrió la cabeza con el edredón. Quería olvidarse de todo durante unas horas. Si pudiese hacer lo mismo con los recuerdos…

–¡Antonio!

La alegre sonrisa de Maisie lo dejó sin aliento, pero intentó mantener la compostura y mostrarse frío, reservado. Sí, había ido un día antes de lo previsto, pero eso no significaba nada.

–Hola.

–No te esperaba hasta mañana –dijo Maisie mientras él se sentaba al lado de Ella sobre la manta, bajo la higuera. El agua de la piscina brillaba bajo el sol y el olor a azahar llegaba con la brisa. Hacía un día precioso, tranquilo y agradable, nada que ver con el agobio de Milán.

–Ya lo sé, pero tenía algún tiempo libre y quería ver a Ella.

La sonrisa de Maisie desapareció, pero intentó disimular.

–Me alegro y, evidentemente, Ella también.

Antonio sonrió a su hija mientras le hacía cosquillas en los pies. La risa infantil se enredaba en su corazón, apretándolo con fuerza.

La verdad era que no habría podido alejarse aunque quisiera, y no quería hacerlo. Quería estar allí, bajo la higuera, con Ella y Maisie. «Su familia». Esa palabra se le enredó en el corazón. ¿Cómo podía pensar tal cosa, o esperar que fuera así? ¿Estaba loco? ¿No había aprendido nada?

–Además, un cliente me ha regalado entradas para La Scala esta noche y he pensado que te gustaría ir.

–¿A la ópera?

–Sí.

–¿Contigo?

–Sí, conmigo –Antonio esbozó una sonrisa. La verdad era que él mismo había comprado las entradas porque pensó que a Maisie le gustaría ir y quería ir con ella, estar con ella. Ese impulso, esa necesidad, superaba sus precauciones y sus dudas. Por el momento.

–Me encantaría, ¿pero qué hacemos con Ella?

–Podemos contratar a una niñera –respondió él–.

Tienes que dejarla con una niñera en alguna ocasión, ¿no?

–Sí, claro. Esta mañana he probado a darle el biberón y se lo ha tomado sin problemas…

–Ah, estupendo.

El rostro de Maisie se iluminó. Durante un segundo.

–Pero no tengo nada que ponerme.

–Eso tiene fácil arreglo. Aunque en Italia no hay que vestirse de ningún modo especial para ir a la ópera. Solo lo hacen los turistas.

–Ah, no, yo no quiero parecer una turista –bromeó ella.

–No, desde luego.

Unas horas después, llegaban en limusina a La Scala de Milán para ver *La Traviata*. Su profesora de italiano, la anciana que tan bien se llevaba con Ella, se había quedado con la niña y Maisie estaba más tranquila.

Antonio vio un brillo de emoción en sus ojos mientras miraba el antiguo edificio de la ópera. Se había puesto un vestido de punto negro que se pegaba a sus curvas y hacía que desease tocarla. Durante toda la tarde había tenido que luchar para no hacerlo. Estar con ella, hablar con ella, tocarla. Era más que un deseo, era un anhelo que salía de lo más profundo de su alma. Y no iba a examinarlo más. Al menos esa noche.

Maisie se quedó maravillada cuando se sentaron en un palco privado, con su elegante alfombra roja y su antigua decoración.

–Esto es precioso.

–Me alegro de que te guste –dijo él. Le encantaba verla tan feliz. Se alegraba de haber comprado las entradas, se alegraba de estar allí con ella.

Las luces del teatro se apagaron y empezaron a

sonar los primeros acordes de la ópera. Ella lo miró con una sonrisa de emoción en los labios y Antonio se la devolvió. Y luego se dispuso a mirar la ópera... y a Maisie.

No podía apartar los ojos de ella. Era encantadora, extasiada con cada nota y cada movimiento en el escenario, hablando sin parar durante el entreacto mientras tomaban una copa de champán en el elegante vestíbulo.

—Lo siento mucho. No paro de hablar...

—No, por favor. Me gusta escucharte —Antonio sonrió, decidido a no dejarse llevar por el miedo. Queriendo ser diferente.

Varias horas después volvían a subir a la limusina, que los esperaba en la puerta del teatro.

—Ha sido increíble —estaba diciendo Maisie—. Y la historia era tan triste...

—¿No son tristes todas las óperas?

—Supongo que sí, aunque nunca había visto una en el teatro.

—Yo tampoco.

—¿En serio? Pensé que lo habías hecho todo.

—No, esto es nuevo para mí.

Aquello era nuevo. «Ellos». Antonio se dio cuenta de que ella pensaba lo mismo y tuvo que hacer un esfuerzo para no echarse atrás.

—Este fin de semana tengo que acudir a una cena benéfica —dijo abruptamente—. El sábado. ¿Quieres ir conmigo?

—¿Tú quieres que vaya? —le preguntó ella.

—Sí.

—Muy bien —Maisie sonrió tímidamente—. ¿Es una cena formal? Porque entonces de verdad no tengo nada que ponerme.

–Parece que tendremos que ir de compras a Milán. ¿Qué tal mañana?

–Pero Ella…

–Puedes llevarla. Yo me quedaré con ella mientras tú te pruebas vestidos.

–Muy bien, estupendo.

Maisie sonrió, ilusionada, y Antonio tuvo que tragar saliva. Ya estaba deseando que llegase el día siguiente. Muchos días siguientes.

Capítulo 13

MAISIE se miró al espejo, maravillada. Se sentía transformada, y no solo por el vestido de noche que había elegido el día anterior en la boutique más lujosa que había visto en toda su vida, sino por el nuevo peinado y el maquillaje.

Antonio había enviado a un estilista a la casa y, aunque eso le pareció halagador, también le preocupó un poco. ¿Pensaba que necesitaba tanta ayuda para estar a la altura en una cena benéfica?

Y tal vez era así porque se sentía como pez fuera del agua. Ir a La Scala ya había sido algo especial, pero aquello, una fiesta con gente de la alta sociedad, empresarios, millonarios, un sitio en el que tendría que impresionar, era como entrar en la estratosfera y le costaba respirar.

La verdad era que Antonio no estaba a su alcance y eso era cada día más evidente. No lo era cuando comían espaguetis en el comedor, o cuando Antonio hacía cosquillas a Ella o le daba el biberón. A salvo en el refugio de la villa sentía que eran iguales. Pero, aunque la emocionaba ir a una elegante fiesta del brazo de Antonio, también la aterrorizaba. La última vez que había estado en una fiesta era ella quien servía el champán. ¿Y si cometía un error o decía algo inapropiado? ¿Y si se reían de ella? ¿Y si hacía que Antonio lamentase haberla llevado no solo a la fiesta, sino a Italia?

–¿Maisie? –la llamó él desde el pasillo.

Ella se miró al espejo por última vez. Tenía buen aspecto, mejor que nunca. Podía confiar en eso al menos, aunque estuviera nerviosa e insegura sobre todo lo demás.

El día anterior habían ido de compras. Había sido muy divertido, con ella probándose vestidos mientras Antonio los evaluaba del uno al diez. Y no le había pasado desapercibido el brillo de admiración de sus ojos; un brillo que le producía estremecimientos de emoción.

No la había tocado desde el aniversario de la muerte de su hermano, aunque Maisie había esperado un beso de buenas noches después de la ópera. Pero no, Antonio seguía manteniendo las distancias y ella no sabía qué hacer. Si debía ser paciente o hacerse ilusiones. ¿Dónde estaba su amor propio?, se preguntó. Estaba esperando que Antonio tomase una decisión y eso no era nada sensato.

–¡Maisie! –la llamó él de nuevo, con una nota de exasperado afecto que la hizo sonreír.

–Ya estoy lista –respondió, abriendo la puerta del dormitorio.

–Estás preciosa –dijo Antonio.

–¿Ha llegado la niñera? –le preguntó, intentando disimular cuánto le gustaba que la mirase con ese brillo de admiración en los ojos.

Y ella lo miraba del mismo modo porque estaba guapísimo con el esmoquin; la camisa blanca en contraste con su piel morena. Y sus ojos parecían más azules y más penetrantes que nunca.

–Sí, ya está aquí –respondió él, tomando su mano–. No te preocupes. Ella se quedó dormida la otra noche y hoy hará lo mismo. Podemos pasarlo bien.

Lo decía como si fuera una cita. Desde luego, la

miraba como si aquello fuese una cita. Pero Maisie temía preguntar. Tal vez era patético aceptar unas migajas, pero se sentía como Cenicienta y quería que Antonio fuera su príncipe... por una noche. No pedía nada más.

–Tengo algo para ti –dijo él entonces, sacando una cajita de terciopelo negro del bolsillo de la chaqueta.

Maisie contuvo el aliento al ver un collar de esmeraldas y diamantes.

–Pero esto es demasiado...

–Quedará perfecto con el vestido –la interrumpió él–. Espera, deja que te lo ponga.

Cuando rozó su nuca con los dedos tuvo que contener el aliento. Los últimos días habían sido una tortura, recordando la última noche que estuvieron juntos y anhelando que volviesen a estarlo.

Si fuese más valiente se daría la vuelta y lo besaría. Pero no era tan valiente porque no sabía lo que sentía Antonio, que seguía siendo cambiante y frío a veces. Quería que le demostrase lo que sentía, lo importante que era para él. Aunque tal vez no lo era.

Después de cerrar el broche del collar, Antonio puso las manos sobre sus hombros desnudos y Maisie cerró los ojos, conteniéndose para no echarse hacia atrás. La esperanza y el deseo se enredaban con los recuerdos de esa noche, con la ternura que había mostrado Antonio, la sinceridad con la que se había entregado. ¿Podría hacerlo de nuevo?

Ninguno de los dos dijo nada y, en el silencio, podía oír el sonido de sus agitadas respiraciones. Luego él le dio un beso en la nuca y Maisie se estremeció. Era tan poco y, sin embargo, tanto.

–Deberíamos irnos –dijo Antonio.

Sus ojos eran opacos, su expresión inescrutable,

pero esbozó una sonrisa mientras tomaba su mano para bajar por la escalera.

Maisie subió al lujoso interior de la limusina y Antonio se sentó a su lado, con un muslo largo y poderoso rozando su pierna y agitando sus sentidos de nuevo.

—¿Por qué no conduces nunca? –le preguntó.

Antonio golpeó el brazo del asiento con los dedos.

—Hace once años que no conduzco.

Maisie tardó un segundo en entender.

—¿Desde la muerte de tu hermano?

—Así es.

—Llevas demasiado tiempo atormentado por su muerte. ¿Cuándo vas a perdonarte a ti mismo?

—No puedo hacerlo –respondió él, sin mirarla–. Lo he intentado y tú me has ayudado escuchándome… –su voz sonaba estrangulada y Maisie se dio cuenta de lo difícil que era aquello para él. Quería decirle que no debía sentirse culpable, pero sabía que no quería seguir hablando de ello, de modo que se limitó a poner una mano en su brazo a modo de consuelo. Se quedaron así hasta que la limusina se detuvo frente al hotel en el que tendría lugar la cena benéfica.

Cuando entraron en el lujoso vestíbulo, el corazón de Maisie parecía a punto de saltar de su pecho.

—Sé que vas a ser la mujer más bella esta noche –dijo Antonio.

Ella levantó la barbilla e irguió los hombros, intentando armarse de valor mientras él la tomaba del brazo.

La noche acababa de empezar y ya estaba perdiendo el control, pensó Antonio. Se había saltado sus

propias reglas cuando se quedó a cenar dos noches antes, y había vuelto a hacerlo cuando la invitó a La Scala,
y cuando fueron de compras para asistir a aquella cena.

Era un riesgo demasiado grande y, sin embargo,
allí estaba. En lugar de apartarse de Maisie, se acer-
caba cada vez más. Pero, aunque sabía que estaba
arriesgándose, no podía lamentarlo. Maisie estaba ra-
diante, bellísima, sus ojos brillantes como el jade. Y
él se sentía orgulloso de llevarla del brazo. Orgulloso
y feliz.

Mientras la presentaba a sus socios y amigos no
mencionó a Ella ni la naturaleza de su relación, aunque notaba la sorpresa de todos. Normalmente iba
solo a esos eventos y la presencia de Maisie era suficiente para que la gente tomase nota.

Y, aunque estaba nerviosa, ella derrochó simpatía.
Su alegre disposición y su generosa naturaleza atraían
a todos, incluso a las jóvenes de la alta sociedad,
siempre dispuestas a clavar sus garras en cualquier
recién llegada.

–Parece que estás cautivado –comentó Raoul, uno
de sus socios–. Nunca te había visto en una de estas
cenas con una mujer. Normalmente, las evitas… a
menos que haya una cama cerca.

Antonio hizo una mueca, aunque sabía que era
cierto.

–Maisie no es así.

–Y parece que tú tampoco. ¿Va en serio?

«¿En serio?». Por supuesto que no. A pesar de lo
que había pasado unas noches antes. El recuerdo seguía grabado en su mente, en su alma. Y, sin embargo,
se engañaba a sí mismo pensando que no iba a cambiar nada, que no estaba empezando a sentir nada por
Maisie. Sencillamente, le gustaba estar con ella.

Pero no podía arriesgarse porque sabía cuánto dolía el amor. Cuando sabía, con toda certeza, que acabaría haciéndole daño a Maisie porque les hacía daño a todos los que quería.

—Es una situación complicada, pero tengo a Maisie en gran estima –le dijo a su socio.

Ella estaba en una esquina, con una copa de champán en la mano, mirándolo con gesto pensativo.

—¿Lo estás pasando bien? –le preguntó.

—Sí, claro –respondió ella. Pero parecía insegura, vacilante.

—Baila conmigo –le dijo. Porque quería tocarla, sentirla.

Ella dejó la copa sobre una mesa y Antonio la tomó por la cintura para llevarla a la pista de baile. Se movieron en silencio durante unos minutos al son de la orquesta, sin decir nada.

—¿Qué ocurre? Pareces preocupada.

—No, no estoy preocupada.

—¿Entonces?

Ella vaciló, apretando los labios.

—Mientras tú hablabas con ese hombre… alguien me ha hablado sobre ti.

Antonio se puso tenso.

—¿Mal o bien?

—Me ha dicho cosas que tú no me habías contado.

¿Qué le habrían dicho? Antonio no quería saberlo, pero tenía que preguntar.

—¿Qué has oído?

—Cosas buenas –respondió Maisie–. Me ha contado que ese negocio tuyo es, en gran parte, una obra benéfica. Que intentas minimizar el impacto de las adquisiciones para los empleados y que hay gente que te debe la vida –le contó, mirándolo con gesto de incredulidad–. Yo pensaba que eras un ser despiadado a quien solo le importaban los beneficios.

–Los beneficios son importantes.

–Pero tú agregas tus honorarios a los paquetes de indemnización de los empleados que pierden su trabajo –siguió ella, mirándolo con curiosidad–. No recibes nada por ayudar a otros negocios, a otra gente. ¿Por qué no me lo habías contado? Estaba completamente equivocada sobre ti.

–¿Y tu opinión sobre mí ha cambiado?

–Pues claro que sí. Ahora sé que eres una buena persona. No solo con tu hija, sino con todo el mundo. Antes tenía que intentar reconciliar al hombre que me abrazaba tan tiernamente, que abrazaba a Ella y se mostraba preocupado por todos los detalles, con el despiadado empresario que describían las revistas. Pero ya no tengo que hacerlo porque ahora sé quién eres.

Antonio tragó saliva. Maisie había agarrado su corazón y no quería soltarlo. Lo conocía y seguía allí. Seguía sonriéndole. Le había contado su peor secreto y ella había descubierto el mejor. Y seguía allí.

–Vámonos –dijo con voz ronca–. Quiero estar a solas contigo.

–Muy bien –respondió ella.

Antonio no esperó un segundo más. Tomó su mano y la sacó de la pista de baile y del hotel. Para estar a solas con ella.

Capítulo 14

BUENOS días.

Maisie parpadeó, adormilada, sintiendo los primeros rayos del sol en la cara, con el cuerpo deliciosamente lánguido después del largo encuentro amoroso que Antonio y ella habían compartido por la noche. No hablaron mientras volvían a casa porque no había necesidad de palabras. Todo era expectación, emoción. Y, sin embargo, estaba tranquila. Por una vez no tenía dudas, ni preocupaciones, ni miedos.

De vuelta en la villa, se despidieron de la niñera y subieron a la habitación. En cuanto cerraron la puerta, Antonio la tomó entre sus brazos. No sabía quién se había movido primero y daba igual. Sus cuerpos, sus labios, incluso sus almas se habían encontrado… y había seguido así durante el resto de la noche.

Pero ahora, a la luz del sol, Maisie era consciente de su pelo alborotado mientras Antonio estaba vestido e imperdonablemente sexy con dos tazas de café en las manos. Se sentía feliz, pero luchaba contra un inicio de incertidumbre. ¿Qué iba a pasar ahora? Porque sabía que Antonio seguía llevando el control y que quizá siempre sería así.

—¿Dónde está Ella? –le preguntó.

—Sigue durmiendo.

—Pero…

—Se despertó y le di el biberón que habías dejado

en la nevera. Volvió a quedarse dormida hace un momento. Está bien.

Maisie se apoyó en las almohadas, cubriéndose el pecho con el edredón, sorprendida y contenta con la nueva actitud de Antonio.

–Ah, qué bien.

–Ha sido un placer, además de mi deber. Tú tienes que atenderla todos los días –dijo él, ofreciéndole una taza de café y sentándose a su lado en la cama.

–No me importa hacerlo.

–Ya sé que no te importa, pero a mí tampoco.

Maisie tomó un sorbo de café, preparándose para la conversación que debían mantener. No podía seguir así, entre la esperanza y el miedo, preguntándose si algo había cambiado en aquella ocasión o si Antonio volvería a mostrarse distante. Saberlo sería mejor que seguir dudando y, sin embargo, le daba miedo saberlo. Le daba miedo que todo terminase.

–Antonio, ¿qué va a pasar ahora?

Él enarcó una ceja.

–¿Ahora?

–Ahora, hoy, mañana, para siempre. Bueno, no para siempre –se apresuró a aclarar Maisie. No quería que Antonio supiera que pensaba en esos términos.

–¿Quieres decir entre nosotros?

–Sí, claro. Un día me siento tan cerca de ti y al siguiente… –Maisie sacudió la cabeza. Necesitaba respuestas, necesitaba saberlo. No podía darle a Antonio todo el poder, todo el control sobre la relación y tampoco sabía de dónde iba a sacar fuerzas para exigir su sitio.

–Y al día siguiente no lo sabes –terminó Antonio la frase por ella.

–Eso es.

–Lo siento mucho –dijo él entonces–. Sé que no estoy siendo justo.

–Necesito saber lo que sientes, lo que quieres –Maisie tragó saliva–. Aunque sea difícil para los dos.

Antonio tardó un momento en responder.

–A veces ni yo mismo sé lo que siento o lo que quiero –dijo por fin–. No me he permitido sentir durante tanto tiempo... años, décadas.

–Desde la muerte de Paolo –musitó Maisie.

–Sí –asintió él, mirándola a los ojos.

–Y, si te permitieras sentir, ¿qué sentirías?

La pregunta quedó colgada en el aire, suspendida en un momento interminable.

–No lo sé –respondió Antonio por fin.

–Entiendo.

De nuevo, Maisie tuvo que luchar contra la decepción. Aunque era absurdo. Ella se enamoraba cada día más, sobre todo al descubrir que no era el hombre que había pensado, el implacable tirano que desmantelaba empresas y destrozaba vidas, ni el frívolo playboy que pintaban las revistas. Pero eso no significaba que él pudiese amarla.

–Lo que sé –dijo Antonio entonces– es que no quiero que tú y yo tengamos una relación fría. Por Ella, y por nosotros mismos. Nos gustamos... no, es algo más que eso y yo no quiero darle la espalda a lo que hay entre nosotros. O lo que podría haber.

–¿Estás diciendo que quieres tener una relación conmigo?

Por un momento, Antonio pareció atrapado, como el clásico conejo cegado por los faros de un coche, tanto que Maisie estuvo a punto de reírse.

–Sí –respondió por fin, como si le hubieran arrancado esa palabra–. Eso es lo que estoy diciendo.

Siguieron tomando café en silencio durante unos minutos, absorbiendo el enorme cambio que se había producido en su relación. Luego Ella empezó a llorar y Maisie saltó de la cama para ir a la habitación de la niña porque la verdad era que no sabía cómo estar con Antonio en ese momento.

Más tarde se duchó y se vistió, evitando a Antonio o intentando hacerlo. Cuando por fin bajó al salón, con Ella en brazos, él estaba esperando en la cocina, con una cesta de picnic y una manta.

–He pensado que podríamos ir al lago Lugano –le dijo, esbozando una sonrisa–. Solo está a una hora de aquí.

–¿No tienes que trabajar? –le preguntó Maisie, sorprendida.

–He decidido tomarme el día libre.

Todo el día con Antonio, como una familia. La esperanza floreció en su corazón.

–Muy bien. Me parece genial.

Momentos después, con la cesta y la manta en el maletero del coche que Antonio le había regalado y Ella en el asiento de seguridad, tomaron la autopista charlando alegremente. Maisie conducía, ya que Antonio tenía aversión a hacerlo.

–El lago Lugano está en la frontera entre Italia y Suiza –le contó él mientras entraban en el pueblo–. Pero nos quedaremos en el lado italiano porque está más cerca.

Antonio le indicó dónde aparcar y, con Ella en el cochecito, pasearon por el borde del lago, disfrutando del cálido y soleado día. Las incertidumbres y aprensiones de Maisie fueron barridas como telarañas y todo parecía limpio y nuevo otra vez.

Antonio parecía relajado, charlando, riendo o in-

clinándose para acariciar a la niña cuando extendieron
la manta sobre la hierba. Los gorjeos de su hija eran
como una canción para Maisie. Nada podía ser más
maravilloso. Si aquel día era una muestra de cómo iba
a ser su relación a partir de ese momento, entonces no
tenía nada de lo que preocuparse. Todo, absoluta-
mente todo, parecía posible.

Aquello era la felicidad. Antonio tenía que recordár-
selo a sí mismo porque le parecía tan poco natural, tan
frágil… No dejaba de mirar a Maisie y a Ella, esperando que desaparecieran de repente como un espejismo. Tarde o temprano algo iba a ir mal, estaba seguro.

Se sentía tenso, inquieto. Intentó disfrutar del simple placer de estar con ellas, pero no era capaz. Tal
vez no estaba hecho para ser feliz. Tal vez estaba des-
truido, como su hermano y su familia, y no había esperanza para él.

Almorzaron sobre la hierba, frente al lago, con
abejas y mariposas revoloteando por el aire y escu-
chando el lejano zumbido de alguna lancha motora.
Maisie le dio el biberón a Ella y luego la sentó en el
cochecito, a la sombra de un árbol, para que durmiese
la siesta.

Maisie y él se tumbaron sobre la manta, con las
piernas enredadas y los ojos cerrados. Todo debería
ser maravilloso, pero no lo era. A pesar de sus inten-
ciones, no era capaz de relajarse.

—Antonio —empezó a decir ella, poniendo una
mano en su cara para mirarlo a los ojos—. ¿Qué te
pasa? ¿Por qué estás tan nervioso?

—No lo sé —respondió él—. Todo esto es nuevo para
mí. Nunca he tenido una relación de verdad.

–Sé que es nuevo para ti, pero también lo es para mí –dijo ella–. No pasa nada, no tenemos prisa. Podemos ir día a día.

Él se quedó mirando el cielo, pensativo.

–Deberíamos irnos. Se hace tarde y tengo que pasar por la oficina.

–Muy bien.

Maisie empezó a guardar las cosas en la cesta y él dobló la manta. Ninguno de los dos dijo nada mientras volvían al coche, y no era un silencio de agradable camaradería, sino tenso, infeliz, como si ya estuvieran separándose. Y Antonio sabía que era culpa suya.

–Lo siento –se disculpó cuando Maisie detuvo el coche frente a la villa–. Yo quería que el día fuese perfecto.

Ella intentó sonreír, pero había sombras en sus ojos.

–Nada es perfecto, pero lo he pasado bien. De verdad.

¿Cómo podía ser tan paciente con él?, se preguntó Antonio, angustiado. Había llamado a su chófer para que fuese a buscarlo y la limusina llegó unos minutos después.

–Nos veremos pronto –se despidió, besando la carita de Ella antes de subir a la limusina. Cuando cerró la puerta dejó escapar un suspiro de alivio. Al menos estando solo no sentía que era un fracaso.

Pasó los días siguientes trabajando, comunicándose con Maisie solo a través de mensajes de texto e intentando no sentirse culpable por dar un paso atrás. Pero el alivio se había evaporado, dejando solo una inquietud y un mal humor que hasta sus empleados notaron.

No era feliz con Maisie y no era feliz sin ella. Las relaciones eran algo imposible para él y eso lo ponía furioso. Por fin, tres días después de la visita a Lugano, se dirigió a la villa de nuevo.

Estaba atardeciendo cuando el coche se detuvo en la entrada. Antonio despidió al chófer y tiró de los faldones de la chaqueta, intentando reunir valor. Vio a Maisie por la ventana, con Ella en brazos y el pelo sujeto en un descuidado y simpático moño. Cuando abrió la puerta, oyó las melodiosas notas de una nana. Maisie tenía una voz preciosa, delicada.

Se detuvo un momento para saborear la belleza y la paz de la escena, el olor a albahaca en la cocina, la dulce voz de Maisie mientras le cantaba a su hija. Todo era tan acogedor, tan maravilloso, tan distinto a su fría, impersonal y estéril vida que se preguntó por qué se había alejado durante unos días.

–¿Maisie?

–Hola, Antonio –lo saludó ella. No había más que alegría en su tono. Ni censura, ni acusación, ni decepción. Él le devolvió la sonrisa mientras tomaba a su hija en brazos y besaba a Maisie con pasión y gratitud.

Ella puso una mano en su mejilla, mirándolo con los ojos brillantes.

–Me alegro de que hayas venido.

–Yo también –dijo Antonio. Y era cierto.

La niña empezó a protestar y Antonio la movió arriba y abajo, asombrado de lo fácil que había sido acostumbrarse a su hija. Maisie los miró un momento, con una sonrisa en los labios, y luego fue a la cocina para seguir con la cena. Sí, todo era normal. Tenía que recordar eso, creérselo. Era normal y maravilloso.

La cena fue relajada, pero también un poco caótica, con los dos haciendo turnos para distraer a Ella, que parecía especialmente inquieta esa noche. Antonio la bañó y Maisie la metió en la cuna. Bajó al salón unos minutos después, con una expresión tímida y expectante.

Aquella parte era la más sencilla, pero tan maravillosa como todo lo demás. En silencio, Antonio tomó su mano para subir a la habitación. En silencio, cerró la puerta y la envolvió en sus brazos, besándola con urgencia porque no podía tenerla entre sus brazos y no desearla como un loco.

Ella le devolvió el beso, echándole los brazos al cuello. Cayeron sobre la cama en una maraña de brazos y piernas, y se quitaron la ropa a toda velocidad, con el deseo abrumándolos a los dos. Antonio intentó controlarse un momento, apoyando las manos a cada lado del colchón para mirar su dulce rostro, los rizos extendidos sobre la almohada.

«Te quiero».

Tenía esas palabras en la punta de la lengua. Unas palabras que tanta gente pronunciaba con facilidad y, sin embargo, él no podía hacerlo. No estaba seguro de lo que sentía y no quería sentir. Amar significaba arriesgarse al miedo, al dolor. El amor significaba rabia, discusiones, decepciones. No podía sacudirse esa certeza, que había sentido en sus entrañas durante demasiados años.

«Te quiero».

La besó, intentando poner en ese beso todo lo que sentía, la parte buena al menos. Y pensó, quizá erróneamente, que Maisie lo entendía porque le devolvió el beso mientras enredaba las piernas en su cintura, aceptándolo todo, tal y como era.

Capítulo 15

LA PRIMAVERA dio paso al verano mientras Maisie disfrutaba de la felicidad abrumadora y frágil de estar con Antonio. Él iba a la casa casi todos los días y pasaban horas con Ella, charlando o yendo de excursión, encontrando la felicidad en estar juntos.

También fueron a Milán varias veces para acudir a algún evento y, aunque Maisie disfrutaba de esas experiencias, con Antonio a su lado, siempre se alegraba de volver a casa. A su casa.

Además del grupo de madres al que se había unido, tenía varios alumnos de violín a los que daba clases dos días por semana, mientras Ella dormía la siesta.

Las noches que Antonio pasaba con ella, mientras lo aprendían todo sobre el cuerpo del otro, eran tan maravillosas como los días. La intimidad entre ellos era cada vez más profunda, cada encuentro los ataba más el uno al otro. O eso creía Maisie.

Pero la verdad era que, a pesar del tiempo que pasaba con él, seguía sin saber lo que sentía y sospechaba que tampoco Antonio lo sabía. Se regañaba a sí misma por darle tantas vueltas, pensando que debía ser paciente. Y, aunque en general conseguía hacerlo, los días que no la visitaba o las noches que dormía sola se veía perseguida por antiguos miedos.

El recuerdo de la repentina muerte de sus padres,

de cómo su vida había cambiado de la noche a la mañana. Había sobrevivido a ese dolor, pero a duras penas. Estaba segura de que no podría volver a pasar por algo así y sería peor si Antonio le daba la espalda. Había encontrado el amor, pero seguía sin saber cómo ser fuerte, cómo luchar por él.

En julio, cuando Ella tenía cinco meses, le habló a Max sobre el cambio en su relación con Antonio. No le había contado nada hasta entonces porque no quería preocuparlo.

—¿Estás con Rossi? —había exclamado su hermano.

—Sí. Y, por favor, no le llames «Rossi». No es un extraño.

—Pero ¿lo conoces de verdad, Maisie? Era un extraño...

—Pero ya no lo es —lo interrumpió ella—. Nos hemos ido conociendo poco a poco durante estos meses. Antonio es una buena persona y... la verdad es que le quiero.

En cuanto lo dijo se arrepintió. No se lo había dicho a Antonio y Antonio no se lo había dicho a ella. A veces, Maisie sentía como si hiciera un esfuerzo para no pronunciar esas palabras.

—No, por favor —dijo Max, sin poder ocultar su preocupación.

—¿Qué? ¿Es malo amar a alguien?

—No es malo, pero podría ser peligroso. Aunque yo no puedo hablar porque nunca he estado enamorado —su hermano fingió un escalofrío de horror que la hizo sonreír—. Pero no quiero que te haga daño. Ya has sufrido suficiente, Maisie.

—Lo sé. Y no quiero más tristezas, te lo aseguro.

—¿De verdad crees que Antonio puede hacerte feliz? ¿Que puede sentar la cabeza?

–Esas son dos preguntas diferentes.

–Pero están relacionadas.

Maisie suspiró.

–Lo sé.

–¿Y Ella? –le preguntó su hermano.

–¿Qué pasa con Ella?

–No querrás que le haga daño y si Antonio no piensa quedarse mucho tiempo…

–Tal vez sí quiera –lo interrumpió ella, con el corazón encogido. Sabía que Max estaba preocupado, pero no le gustaba que expresase sus propios temores en voz alta.

–Maisie, ese hombre es un playboy. ¿Sabes con cuántas mujeres ha salido? Siempre modelos y actrices, y nunca está con ellas más de una semana.

–Lo sé, conozco su reputación.

Aunque intentase no pensar en ella.

–¿Y crees que puede cambiar?

Menuda pregunta. ¿Cómo iba a responder? ¿Porque le parecía diferente, porque ella quería que fuese diferente?

–No lo sé –dijo por fin–. Yo creo que es diferente, espero que lo sea conmigo.

Y eso lo decía todo, en realidad. Lo único que tenía era esperanza.

Había pasado los tres meses más felices de su vida y, sin embargo, seguía asustada e insegura. Pero era culpa suya… ¿o de Antonio? Eran dos personas rotas, heridas, cada uno a su manera.

–Me preocupo por ti, nada más –dijo su hermano–. Quiero que seas feliz. Lo sabes, ¿no?

–Claro que sí. Gracias, cariño.

Después de despedirse de su hermano, Maisie metió a Ella en el cochecito y salió a dar un paseo para aclararse la cabeza. Las estrechas calles del pueblo se habían vuelto familiares para ella. Como la plaza, con su fuente y su *bocce*. Sentada en un banco, mirando a los ancianos del pueblo jugar a la petanca, intentó olvidar las preocupaciones.

Antonio no había dicho que la quería, pero parecía feliz con ella. Eso debería ser suficiente. Dos simples palabras no garantizaban nada, además. Sus padres se lo habían dicho muchas veces y… ya no podrían decírselo nunca más.

Se le llenaron los ojos de lágrimas. ¿Iba a sentirse siempre perseguida por los fantasmas del pasado, por las viejas heridas, como Antonio? Creía estar curada, pero amar a Antonio le había demostrado que aún tenía miedo. No de que él muriese como habían muerto sus padres, sino de perderlo.

Ella empezó a protestar y, con el corazón pesado, Maisie se levantó del banco y se dirigió a la villa. Se decía a sí misma que tenía mucho por lo que dar las gracias: una casa preciosa, una niña sana, un hombre bueno en su vida, nuevos amigos. Y, recientemente, la oportunidad de dar clases de violín. Todo iba bien. ¿Por qué no podía conformarse con lo que tenía? ¿Por qué tenía que estar constantemente preocupada, temiendo perderlo, deseando algo más?

Cuando llegó a casa su móvil empezó a sonar. Era Antonio.

–¿Dónde estabas? –le preguntó.

–Acabo de llegar a casa. ¿Por qué?

–Voy a enviarte un coche. Tengo un evento esta noche y necesito que me acompañes.

–Son las cuatro y aún no le he dado el pecho a Ella.

–Puedes traerla. Contrataré a una niñera.

Maisie tomó aire, decidida a no encontrar faltas cuando no era necesario.

–Muy bien. Nos vemos en Milán.

Antonio paseaba por el salón del ático mientras Maisie se arreglaba en el dormitorio. No había estado allí desde la noche de la cena benéfica, cuando había sentido como si le hubiera entregado su alma. Había dividido su vida en compartimentos: Maisie y Ella en la villa, su vida de soltero en la ciudad. Aunque no se había aprovechado de la separación porque no se podía ni imaginar estar con otra mujer. Lo había hecho inconscientemente, como un modo de mantener cierta distancia que le parecía necesaria y eso, en el fondo, podía ser destructivo.

A veces veía decepción en los ojos de Maisie, cuando se despedían o cuando no pronunciaba las palabras que ella quería escuchar. Pero estaba intentándolo y esperaba que ella se diese cuenta porque era lo único que podía darle.

–Ya estoy lista.

Antonio se dio la vuelta al oír su voz y tuvo que contener el aliento al verla. El vestido de noche, ajustado y de color azul marino, destacaba su generosa figura a la perfección y el pelo suelto caía en cascada sobre sus hombros desnudos como un halo rojizo con reflejos dorados.

–Pareces una reina.

–Y tú pareces un rey –dijo Maisie, con una sonrisa trémula.

Antonio tomó su mano. Su hija ya estaba dormida y la niñera se encontraba con ella en la habitación. La noche era suya.

–Ven –le dijo.

Empezó a relajarse cuando llegaron al hotel donde tendría lugar la gala, patrocinada por uno de sus clientes. Maisie saludaba a todo el mundo con simpatía y, como siempre, Antonio se sentía orgulloso de llevarla del brazo. Y quería que lo supiera. Aunque no lo dijo en voz alta, pensó que ella lo sentía. Lo sentía él mismo en las sonrisas que le dedicaba, en cómo sus ojos se iluminaban cada vez que lo miraba.

–Eres maravillosa –le dijo más tarde, cuando volvieron al ático, silencioso y oscuro. La tomó entre sus brazos y ella apoyó la cabeza en su hombro.

–Me parece irreal –murmuró.

–¿Qué te parece irreal?

–Fiestas, limusinas, vestidos de noche –Maisie hizo una pausa, levantando la cabeza–. Y tú.

Antonio se puso tenso. Había esperado esa conversación, sabía que era necesaria, pero no estaba preparado.

–¿Qué quieres decir?

–Solo que… no sé qué es real, Antonio. No sé en qué puedo confiar, en qué puedo creer.

–¿Tan difícil es? Hemos sido felices estos meses, ¿no?

–Felices, sí, pero la felicidad es algo muy frágil –Maisie lo miró a los ojos, buscando una respuesta que Antonio sabía no iba a encontrar–. ¿Puede haber algo más? ¿Algo más significativo que un momento de felicidad?

Antonio tragó saliva.

–Estamos intentándolo. ¿Eso no es suficiente?

–Quiero que lo sea y a veces lo ha sido, pero… –Maisie dejó escapar un suspiro–. Tú sigues siendo tan distante algunas veces… Casi como si te apartases de mí intencionadamente. Y eso hace que tenga miedo. Puede que sea una debilidad mía, porque yo sé lo que es perder a un ser querido y no quiero volver a pasar por eso.

—No vas a perderme —dijo Antonio, con la voz ronca de emoción—. Al menos de ese modo.

—¿Pero podría perderte en otro sentido?

Él no podía responder, de modo que la besó. Tierna, profundamente. Y, por suerte, Maisie dejó que la besara.

Capítulo 16

UN DÍA para mí?

Maisie miró a Antonio, insegura. Era algo totalmente inesperado. Estaba tumbada en la cama, con el sol entrando por la ventana, y él la miraba con una sonrisa en los labios.

–Sí, un día solo para ti. ¿Por qué no? Te mereces que te mimen un poco. Un tratamiento de belleza y un masaje corporal en el mejor spa de Milán –dijo Antonio, haciendo una traviesa mueca–. Claro que yo podría darte el masaje personalmente…

–Podrías –dijo Maisie, riéndose. La noche anterior se había sentido muy cerca de él. Aunque la conversación había terminado con besos en lugar de con palabras, se decía a sí misma que los besos eran suficiente. Además, aquel día parecía más relajado que nunca–. Pero Ella…

–Puede vivir sin ti un día –se apresuró a decir él–. Yo cuidaré de la niña y la traeré de vuelta a casa por la tarde. Será bueno para mí, para los dos. Venga, di que sí.

–Muy bien, de acuerdo. Y gracias.

–Es un placer.

Una hora después, el chófer de Antonio la dejaba en un lujoso spa del centro de Milán.

–Espero que sepas arreglártelas –dijo Maisie, señalando a Ella, sentada en su asiento de seguridad–. Ha estado un poco gruñona estos últimos días… creo que está resfriada.

–Me las arreglaré –le aseguró Antonio.

Maisie se mordió los labios. Era la primera vez que iba a separarse tanto tiempo de la niña desde que nació.

–Gracias –dijo por fin. Y, después de darle un beso, salió del coche.

En cuanto entró en el elegante spa, varias empleadas la rodearon y, en unos minutos, estaba recibiendo un masaje en los pies mientras tomaba un zumo de fruta en una habitación suavemente iluminada, con música relajante. Había esperado sentirse incómoda o nerviosa, pero lo que sentía era un bienestar desconocido y cerró los ojos, dejando que la mimasen.

El día pasó en un remolino de tratamientos: manicura, pedicura, masaje facial, corporal, peluquería. Sentada en un cómodo sillón, tomaba un café espolvoreado de chocolate mientras ojeaba una revista del corazón. Era como estar en el paraíso.

Había hablado con Antonio unas horas antes y él le había asegurado que todo iba bien, de modo que decidió perderse en la escandalosa vida de los famosos.

Cuando terminaron con los tratamientos, Maisie estaba relajada y pulida, pero deseando ver a Antonio y Ella. Quería que la abrazasen, sentir el calor de los brazos de su hija y del hombre al que amaba.

Antonio había enviado el coche a buscarla y subió al lujoso interior dejando escapar un suspiro de alivio y felicidad al pensar que pronto iba a verlos a los dos.

Pero, cuando llegó a la villa, la casa estaba vacía y oscura. Eran las siete y Ella debería estar en su cuna.

¿Qué había pasado? El cochecito se hallaba en el pasillo, de modo que Antonio no había llevado a la niña a pasear.

Maisie lo llamó al móvil, pero saltaba el buzón de voz. ¿Dónde estaba? ¿Y dónde estaba su hija? Asustada, empezó a imaginarse lo peor. ¿Se habría marchado Antonio? ¿La habría dejado, llevándose a Ella? Tal vez el día en el spa había sido una trampa.

Se decía a sí misma que estaba siendo paranoica, que no tenía razones para desconfiar de él. Lo amaba y esperaba que, con el tiempo, él la amase también.

Y, sin embargo, era difícil no imaginarse lo peor porque así era la vida. Se volvía contra ti de repente, cuando menos te lo esperabas.

Veinte minutos después, Antonio llamó por fin y Maisie respondió con el corazón encogido.

—¿Dónde estás? —le preguntó—. ¿Qué ha pasado?

—Maisie… —a Antonio se le quebró la voz y el corazón de Maisie se detuvo durante una décima de segundo.

—¿Qué ha pasado?

—Es Ella.

—No —susurró Maisie—. No, por favor.

—Estamos en el hospital. No he tenido tiempo de llamarte…

—¿Qué ha pasado? —insistió ella, con un tono de puro terror—. ¿Qué le ha pasado a mi hija?

—Dicen que es meningitis.

Maisie dejó escapar un grito. Meningitis. La peor pesadilla para una madre, porque la enfermedad era muy agresiva.

—¿En qué hospital estás?

Estaba tan nerviosa que no podía conducir, de modo que llamó a un taxi. Veinte minutos después, el taxi se detenía en la unidad de pediatría del hospital. Antonio la recibió en la puerta.

–¿Cómo está? –le preguntó, con el corazón desbocado.

–Estable por el momento.

–¿Por el momento? ¿Qué significa eso?

No podía perder a Ella, no podía.

–Tiene meningitis bacteriana –la voz de Antonio era firme, pero estaba tenso, pálido–. Al menos, eso es lo que creen. Ocurrió de un modo tan repentino… –se le quebró la voz y tuvo que parar un momento para respirar–. Pensé que lloraba porque le estaban saliendo los dientes o tenía un resfriado…

–Quiero verla –lo interrumpió Maisie–. ¿Dónde está?

Unos minutos después miraba a su hija, inerte en la cuna hospitalaria, intubada. Parecía tan diminuta y frágil, tan enferma, que se le rompía el corazón. Sus ojos se llenaron de lágrimas, pero las apartó, impaciente, demasiado angustiada como para dejarse llevar por la emoción.

–¿Qué han dicho, Antonio? ¿Cuál es el diagnóstico?

–Aún no lo saben.

–Entonces podría… podría…

–Tenemos que esperar, Maisie. Le han puesto el tratamiento que necesita y hay que esperar para ver cómo responde… y si hay alguna secuela.

Una rápida búsqueda en Internet les dijo cuáles podían ser las secuelas: daño cerebral, sordera, la muerte.

Maisie cerró los ojos.

–¿Cómo has podido dejar que pasara? –la pregunta salió de sus labios en un desesperado susurro de do-

lor–. Me he ido un día. Unas horas. La dejé sola y
ahora… –sacudió la cabeza, abrazándose a sí misma,
atormentada.

«¿Cómo has podido dejar que pasara?».

La pregunta se repetía en la cabeza de Antonio, en
el vacío que había dentro de él, reverberando una y
otra vez. Le habían hecho antes esa pregunta, cuando
su madre supo de la muerte de Paolo. Le había pedido
explicaciones y él no tenía ninguna respuesta. Ninguna excusa. Ahora sentía la misma vergüenza y en
los ojos de Maisie veía el mismo brillo acusador que
había visto en los de su madre.

«¿Cómo has podido dejar que pasara?».

El único día que había estado solo con la niña, su
hija, había arriesgado su vida. Sin saberlo, desde
luego, pero había sido igual con Paolo. Sus actos, o su
inacción, habían sido la causa directa de la situación.
Si la hubiese llevado antes al hospital, si hubiera visto
las señales, los síntomas, si hubiese actuado con mayor rapidez…

Pero había esperado, pensando que Ella no tenía
más que un resfriado. Creía estar siendo juicioso,
cauto, pero solo estaba protegiéndose a sí mismo, no
a las personas que más quería. Se odiaba por ello. Su
egoísmo era imperdonable.

–No está vacunada –dijo Maisie con voz ahogada–.
En Estados Unidos no vacunan a los niños hasta que
son un poco mayores, pero debería haber pensado
que estamos en otro país. Debería haber pensado…

–No es culpa tuya –la interrumpió Antonio–. Es
mía… esperé demasiado tiempo.

–¿Cuánto tiempo esperaste? –Maisie se volvió hacia él, mirándolo con expresión frenética, y Antonio inclinó la cabeza.

–Varias horas. La dejé en la cuna, pensando que estaba bien, y cuando fui a verla ya no respondía. Llamé a una ambulancia enseguida, pero tardaron en llegar…

–Horas –repitió ella–. Solo hacen falta unas horas.

–Ahora lo sé –dijo Antonio. Mientras esperaba que Ella respondiese al tratamiento de antibióticos había descubierto más cosas sobre la meningitis de las que le gustaría saber–. Lo sé, es culpa mía.

Maisie no dijo nada y esa era la respuesta que temía. De nuevo, había puesto en peligro la vida de un ser querido. Solo el tiempo diría si aquella sería otra pérdida devastadora y fatal, como lo había sido el accidente de Paolo.

Las horas pasaron, interminables, agónicas, mientras esperaban noticias, aislados en su propio mundo de dolor y miedo. Antonio, perdido en su sentimiento de culpabilidad, no intentó consolar a Maisie ni ofrecerle falsas palabras de esperanza. No tenía sentido y, en cualquier caso, ella apenas lo miraba. No quería saber nada de él y lo entendía.

Por fin, al amanecer, recibieron noticias del médico.

–Ella está respondiendo bien al tratamiento –le tradujo Antonio. Maisie dejó caer los hombros en un gesto de alivio y, por fin, las lágrimas asomaron a sus ojos.

–Gracias a Dios –murmuró–. Gracias a Dios.

Antonio le hizo más preguntas al médico mientras ella esperaba, impaciente, que tradujese las respuestas. Cuando el hombre se despidió, Antonio la tomó del brazo.

–¿Qué ocurre? ¿Hay algo que no me has contado?

–Te lo contaré todo.

Y lo hizo, repitió todo lo que el médico había dicho: que tendrían que esperar otras veinticuatro o cuarenta y ocho horas antes de saber con seguridad que no habría secuelas de la infección bacteriana. Pero al menos sabían que la niña iba a sobrevivir.

Maisie dejó caer los hombros. Parecía a punto de desmayarse y Antonio la tomó del brazo.

–Tienes que dormir un rato.

–No pienso irme del hospital.

–Ya lo sé, pero hay una habitación para los familiares. Iré a buscarte si hay algún cambio.

–¿Qué harás tú?

–Yo me quedaré a esperar.

–Entonces yo debería quedarme también…

–Ella va a necesitarte más que nunca en los próximos días y tienes que estar descansada. Duerme ahora que puedes. Te juro por mi vida que iré a buscarte si el médico me da alguna noticia.

Maisie lo miró en silencio durante largo rato, sopesando sus palabras, preguntándose si debía creer en él. Y luego, por fin, asintió con la cabeza.

–Gracias.

Antonio la llevó a la habitación y cuando cerró la puerta sintió que su corazón, ese objeto de piedra que él había querido mantener a salvo, empezaba a romperse en pedazos.

Capítulo 17

MAISIE no había esperado ser capaz de conciliar el sueño, pero un segundo después de tumbarse en la estrecha cama se quedó dormida. Horas después se despertó sobresaltada, sintiéndose peor que nunca en toda su vida, con los párpados pegados, la boca seca, la cabeza a punto de estallar.

Se incorporó para mirar la hora en el móvil. Antonio no había ido a buscarla...

A toda prisa, se puso los zapatos y se atusó un poco el pelo con los dedos antes de abrir la puerta y salir al pasillo.

Encontró a Antonio sentado en un sillón al lado de la cuna de Ella. Sin afeitar, con el cabello despeinado y la mirada clavada en la niña. Maisie se preguntó si habría parpadeado siquiera en todas esas horas de vigilia.

—Antonio –lo llamó en voz baja. Él se volvió para mirarla con expresión circunspecta.

—Acaba de irse el médico. Cree que Ella está mejorando.

—Gracias a Dios –murmuró Maisie, aliviada.

—Iba a ir a buscarte, te lo juro.

Maisie lo miró, insegura. Había algo diferente en él, aparte de la fatiga y el miedo. Parecía resignado, aunque Ella estaba mejor.

—Deberías dormir un rato.

–No. Estoy bien.

Pero no parecía estar bien. Sus ojos eran opacos, su rostro parecía más delgado y su expresión era aterradoramente distante.

–Un café entonces –sugirió, sintiendo el repentino deseo de cuidar de él, de ofrecerle algún consuelo. Durante las últimas doce horas había estado metida en una burbuja de pánico, pero ahora quería ayudarlo. Quería apoyarse en Antonio y que él se apoyase en ella. Pero, al parecer, él no quería eso porque se levantó del sillón y se dirigió a la ventana, dándole la espalda.

–¿Por qué no te sientas un rato? El médico volverá pronto.

Se quedaron en silencio y Maisie no sabía cómo llegar a él porque parecía más distante que nunca.

Entonces Ella se despertó y los dos se lanzaron sobre la cuna, al borde de las lágrimas. Maisie abrazó un momento a su hija, saboreando el calor de su cuerpecito, el olor a talco mezclado con el olor a antiséptico del hospital.

Por la tarde, el médico les dijo que lo peor había pasado. Ella podría irse a casa al día siguiente y, con suerte, no habría secuelas. Aunque tendrían que llevarla al hospital para hacerle un reconocimiento la semana siguiente. Maisie apenas se podía creer que la niña hubiera salido intacta del desastre de las últimas veinticuatro horas. Sentía como si hubiera vivido una vida entera en un solo día, como si fuera otra persona.

Por la noche, dejaron a la niña al cuidado de una enfermera y salieron al pasillo del hospital. Maisie no se había duchado y los tratamientos del spa del día anterior le parecían un sueño lejano.

–Necesito ducharme y cambiarme de ropa.

–Deberías irte a casa y dormir un rato –sugirió Antonio–. Yo me quedaré con ella.

–Pero debes de estar agotado.

–Estoy bien.

Maisie no quería dejar a su hija ni un segundo, pero Antonio parecía decidido y sabía que necesitaba descansar para cuidar de Ella por la mañana.

–Muy bien –asintió.

–Puedes llevarte tu coche. Está en el garaje.

–El coche… ¿quién lo ha traído?

–Yo –respondió Antonio–. La ambulancia tardaba demasiado, así que puse a Ella en el asiento de seguridad y la traje al hospital.

Maisie lo miró con un nudo en la garganta. No podía ni imaginarse lo difícil que debía de haber sido para él enfrentarse a su peor miedo por su hija.

–Ay, Antonio –murmuró, poniendo una mano en su brazo. Él se quedó muy quieto, sin mirarla. No se había imaginado la distancia que había entre ellos. No sabía por qué había pasado o qué significaba–. Gracias, de verdad.

Él no dijo nada y, después de unos segundos, Maisie apartó la mano.

Cuando entró en su casa se dijo a sí misma que las cosas volverían a la normalidad tarde o temprano. Serían una familia de nuevo, más fuerte que antes, unidos por lo que podía haber sido una tragedia. Se decía eso a sí misma una y otra vez, pero no era capaz de creérselo.

Después de una noche en la que apenas pudo conciliar el sueño, volvió al hospital para abrazar a Ella de nuevo. Aunque un poco débil, la niña parecía el bebé feliz que era, encantada de ser abrazada y acunada como si nada hubiera pasado.

Antonio no dijo nada mientras volvían a casa y Maisie no se atrevía a mirarlo, temiendo lo que podría ver en su rostro. Nada bueno, sospechaba, aunque no sabía por qué.

Lo descubrió enseguida, cuando metió a Ella en la cuna y Antonio la miró desde la puerta de la habitación con expresión helada.

—Creo que es mejor que volvamos a hacer las cosas como al principio—le dijo.

—¿Qué quieres decir?

—Te visitaré tres días a la semana y me quedaré con Ella los sábados, si te parece bien.

—¿Quieres decir…? ¿Estás rompiendo conmigo? —le preguntó. Era una pregunta boba, casi de adolescente, para lo que era algo monumental, un terremoto que destruía todas sus esperanzas.

—Esto no puede salir bien, Maisie. Es evidente.

—Pero… ¿por qué? ¿Por qué haces esto? —le preguntó ella, con la voz rota.

—Lo he intentado. Lo he intentado y he fracasado. Lo siento.

—Pero no has fracasado…

—Sí, lo he hecho. Y no puedo enfrentarme con eso, Maisie. No puedo arriesgarme de nuevo. Es mejor así.

Ella lo miraba, impotente, anhelando romper la barrera tras la que se escondía. Queriendo luchar por ella, por él, por los tres. Pero Antonio parecía inalcanzable.

—Antonio… —empezó a decir, sin saber qué palabras podrían devolvérselo.

—Nos veremos mañana. Por supuesto, si necesitas algo, cualquier cosa, solo tienes que llamarme. Si quieres una niñera…

—No necesito una niñera —lo interrumpió ella, furiosa. ¿Cómo se atrevía a renunciar tan fácilmente?–. Te quiero a ti, Antonio.

Él negó con la cabeza. Aquello era tan difícil... pero seguir juntos sería peor. Habría más oportunidades para el dolor, para la decepción, para la tragedia. Y no podría fracasar otra vez, perder a un ser querido otra vez.

–Es mejor así. Mejor para ti, Maisie. Yo no puedo hacerte feliz. Me gustaría, pero no puedo.

–¿Eso no debo decidirlo yo?

–¿Cuándo lo decidirías? –le preguntó Antonio, con el dolor partiéndolo por la mitad–. ¿En una semana, un mes, un año? ¿Cuando te rompiese el corazón o, que Dios no lo quiera, cuando Ella...?

No podía seguir. Algo en él estaba rompiéndose y no podía soportarlo.

Se dio la vuelta y salió de la casa, caminando ciegamente hacia el coche que lo esperaba. La sangre latía en sus oídos y se sentía mareado por la enormidad de lo que estaba haciendo, por el dolor que experimentaba. Pensaba que aquello le dolería menos, pero no era así. No creía que nada pudiese dolerle más.

Subió al coche y apoyó la cabeza en el respaldo del asiento. El chófer vaciló y Antonio se vio obligado a hablar.

–Lléveme a casa, por favor.

Un golpe en la ventanilla hizo que abriese los ojos. Maisie estaba allí, con los ojos brillantes y el pelo como un halo rojo alrededor de su cara. Antonio la miró sin entender, demasiado sorprendido como para moverse. Entonces ella abrió la puerta del coche.

–No te atrevas a darme la espalda –le espetó–. No te atrevas a hacerte el mártir cuando en realidad eres un cobarde.

–¿Qué?

–Sí, Antonio, un cobarde –a Maisie se le quebró la voz y las lágrimas asomaron a sus ojos–. Vas a dejarme, a mí y a mi hija, a tu familia. ¿Y por qué razón?

–Te he dicho…

–Porque tienes miedo –lo interrumpió ella–. Porque amar a alguien da miedo y duele y uno arriesga mucho. ¿Crees que no lo sé, que no he pasado por lo que has pasado tú? Durante todo el tiempo que hemos estado juntos, he dejado que tú llevases el control. He sido demasiado débil, pero eso se acabó. No puedo seguir siendo débil cuando hay tanto en juego.

Estaba furiosa y bellísima, la mujer más bella que había visto en toda su vida.

–Maisie…

–No, escúchame tú a mí. Ayer estuvimos a punto de perder a nuestra hija y eso hubiera sido una tragedia. Pero esa tragedia debería unirnos, no separarnos.

–Tal vez nos ha demostrado de lo que estamos hechos.

Ella lo miró, inexorable.

–¿Y de qué estás hecho, Antonio?

¿Quería saber la fea verdad? Muy bien, se la contaría. Tal vez era un cobarde porque se la había ocultado, pero se lo diría. Antonio salió del coche y tomó a Maisie del brazo para entrar en la casa.

–Muy bien, dime lo que tengas que decir –le espetó ella.

–No puedo hacer esto. No puedo ser responsable… no puedo cometer otro error como el que cometí con

Paolo. No puedo arriesgarme a eso, ni por ti, ni por Ella ni por mí mismo.

–¿Y cuál es la alternativa? ¿No dejar entrar a nadie en tu vida, en tu corazón, no querer nunca a nadie?

Él apartó la mirada.

–Si esa es la única opción…

–Te culpas a ti mismo por lo que ha pasado –dijo Maisie entonces–. Te culpas a ti mismo de nuevo. ¿Por qué?

–Tú misma lo dijiste. Me preguntaste por qué había dejado que pasara.

Ella abrió la boca y volvió a cerrarla.

–Yo… ¿crees que te culpo a ti?

–Como yo me culpo a mí mismo. Si hubiera notado antes los síntomas, si hubiese ido a verla mientras dormía. ¿Y si hubiera muerto, Maisie? –le preguntó Antonio, con la voz entrecortada, desesperado al recordar el dolor y el miedo que había sentido–. Si hubiera muerto habría sido culpa mía.

–Pero Ella no ha muerto.

–Aun así…

–¿Por qué eres tan duro contigo mismo? Sí, tal vez yo haya dicho algo que no debería en un momento de angustia y de terror, pero no lo decía de corazón. No te culpo a ti, te lo juro. Tú llevaste a la niña al hospital, conduciendo tú mismo. Y yo sé cuánto debió de costarte hacerlo. Te admiro por eso, te respeto y… –se le quebró la voz–. Te quiero –susurró–. Te quiero desde hace tiempo y sé que tú no me quieres, pero…

No podía dejar que siguiera, pensó Antonio. No era justo que siguiera sin conocer sus sentimientos.

–Te quiero, Maisie –le dijo en voz baja–. Yo también te quiero desde hace tiempo, aunque haya querido engañarme a mí mismo. Y por eso hago esto, para evitarte…

–¿Evitarme qué? –lo interrumpió ella–. El amor es perdón. Sé que sigues sufriendo por lo que le pasó a tu hermano y que tus padres te culpan a ti por el accidente, pero son ellos los que están equivocados –su tono se volvió fiero mientras lo tomaba por los hombros–. El amor perdona, el amor no recuerda los errores. El amor nunca fracasa. Si nos queremos, podemos olvidar los errores porque nos perdonamos. Aunque hubiera sido culpa tuya, o culpa mía. Aunque Ella hubiese muerto. Eso es lo que hace el amor, Antonio. Yo lo he perdido todo muchas veces y no podría soportar pasar por ello de nuevo. Por eso tenía miedo contigo, pero ya no quiero tenerlo. Quiero ser valiente, por ti, por mí, por nosotros. No dejes que esto nos separe cuando tenemos tantas cosas por las que vivir, por las que amar. Por favor, Antonio.

Mientras él la miraba, transfigurado por la verdad y el poder de esas palabras, Maisie se puso de puntillas y le echó los brazos al cuello para buscar sus labios.

–Te quiero –susurró–. Te quiero tanto… Y tú has dicho que me quieres. No hay ninguna razón para perder lo que tenemos. Ningún pecado, ningún error puede separarnos –Maisie se echó hacia atrás para mirarlo a los ojos–. ¿Lo crees, Antonio?

Él miró ese rostro tan querido y supo que solo podía haber una respuesta, la verdad. La verdad que no había querido ver durante tanto tiempo. La verdad era lo único que podía liberarlo.

–Sí, lo creo –respondió, enterrando la cara en su pelo, librándose por fin del dolor y el sentimiento de culpabilidad–. ¿Cómo te has vuelto tan sabia?

–Amándote –respondió Maisie–. En estos meses he descubierto lo que es el amor y lo que significa ser fuerte. Tú me lo has demostrado de tantas maneras… –dijo luego, acariciando su cara–. Y has dicho que me quieres.

–Muchísimo, te quiero muchísimo. Debería habértelo dicho antes, pero…

–Nada de recriminaciones, nada de culpas. Somos libres, el amor nos ha hecho libres.

–Sí, libres –asintió él. Había estado aprisionado durante mucho tiempo, pero él mismo había creado los barrotes de su prisión–. Soy libre para quererte y para querer a Ella, y eso es lo único que quiero hacer durante el resto de mi vida. Gracias por ser tan paciente conmigo, por no dejar que me fuera.

–No podría haberte dejado ir –admitió ella–. No me importan ni el orgullo ni el amor propio. Te necesito, Antonio. Te necesito en mi vida y Ella también.

–Y te prometo que nunca os dejaré. Nunca.

Maisie esbozó una sonrisa de pura alegría.

–Entonces, este es nuestro final feliz.

Sin decir nada, Antonio la tomó entre sus brazos y selló esa promesa con un beso.

Epílogo

MAISIE se miraba al espejo, incrédula y feliz. Habían pasado dos años desde que conoció a Antonio y aquel era el día de su boda. Max había ido a Italia para la ocasión, una ceremonia sencilla en la pequeña iglesia del pueblo. Más tarde habría un banquete en Milán para los amigos y socios de Antonio, pero habían querido que la ceremonia fuera solo para la familia.

Y había más familia de la que habían esperado porque los padres de Antonio también estarían allí. Cuando supieron de la existencia de Ella, llamaron a su hijo y desde ese momento empezó la reconciliación.

Y el corazón de Maisie estaba a punto de estallar de alegría.

Max asomó la cabeza en la sacristía.

—Mi hermana, la bella novia. ¿Estás lista? Todo el mundo está esperando.

Maisie se arregló un poco el velo y pasó las manos por el sencillo vestido de encaje inglés que había elegido para la ceremonia.

—Estás preciosa —dijo Max, apretando su mano—. Estoy muy orgulloso y muy feliz por ti.

—Yo también soy feliz —dijo ella, riéndose.

Los últimos meses habían sido maravillosos y su relación con Antonio era más estrecha y apasionada que nunca. Habían comprado una casa grande a las afueras de Milán y Maisie estaba deseando empezar allí su nueva vida como una familia.

Tomando la mano de Max, salió de la sacristía y se detuvo en la puerta de la iglesia, con el corazón lleno de amor, agradecimiento y felicidad.

Antonio, que esperaba frente al altar, se volvió para mirarla con los ojos brillantes de amor y esbozó una sonrisa que Maisie le devolvió con toda su alma.

Luego irguió la cabeza, tomó aire y empezó a recorrer la nave central de la iglesia.

LA BELLA CAUTIVA

Michelle Conder

Convencido de que Regan James tenía información sobre la desaparición de su hermana, el jeque Jaeger la retuvo en su palacio. Él no esperaba que la bella cautiva fuera obediente, pero Regan, una mujer rebelde, desató involuntariamente una tormenta en los medios informativos. El jeque debía resolverlo. ¿Y cómo?

¡Decidió que se casaría con ella! Su compromiso era pura apariencia, pero la pasión que surgió entre ambos era exquisita y peligrosamente real…

Acepte 2 de nuestras mejores novelas de amor GRATIS

¡Y reciba un regalo sorpresa!

Oferta especial de tiempo limitado

Rellene el cupón y envíelo a
Harlequin Reader Service®
3010 Walden Ave.
P.O. Box 1867
Buffalo, N.Y. 14240-1867

¡Si! Por favor, envíenme 2 novelas de amor de Harlequin (1 Bianca® y 1 Deseo®) gratis, más el regalo sorpresa. Luego remítanme 4 novelas nuevas todos los meses, las cuales recibiré mucho antes de que aparezcan en librerías, y factúrenme al bajo precio de $3,24 cada una, más $0,25 por envío e impuesto de ventas, si corresponde*. Este es el precio total, y es un ahorro de casi el 20% sobre el precio de portada. ¡Una oferta excelente! Entiendo que el hecho de aceptar estos libros y el regalo no me obliga en forma alguna a la compra de libros adicionales. Y también que puedo devolver cualquier envío y cancelar en cualquier momento. Aún si decido no comprar ningún otro libro de Harlequin, los 2 libros gratis y el regalo sorpresa son míos para siempre.

416 LBN DU7N

Nombre y apellido	(Por favor, letra de molde)
Dirección	Apartamento No.
Ciudad	Estado	Zona postal

Esta oferta se limita a un pedido por hogar y no está disponible para los subscriptores actuales de Deseo® y Bianca®.
*Los términos y precios quedan sujetos a cambios sin aviso previo.
Impuestos de ventas aplican en N.Y.

SPN-03   ©2003 Harlequin Enterprises Limited

Bianca

Estaba dispuesto a ejercer sus derechos conyugales...

CÁRCEL DE AMOR

Carol Marinelli

Lo último que Meg Hamilton quería oír era que el hombre al que había intentado olvidar había pasado el último año injustamente encarcelado en Brasil y necesitaba que lo visitara. Pero estaba dispuesta a hacer su papel a cambio de la firma de Niklas en la solicitud de divorcio.

Pero no había contado con que la impresionante atracción entre ellos siguiera siendo tan poderosa como siempre. La última vez había llevado a la habitualmente sensata Meg a una boda en Las Vegas. Esa vez la consecuencia de rendirse a la química que compartían la vincularía a Niklas para siempre.

DESEO

*Según un estudio detallado, su exmarido era
el hombre perfecto para ella...*

Casados de nuevo

YVONNE LINDSAY

Accedió a conocer a su futuro esposo en el altar... Ese fue su
primer error. El asombro de Imogene cuando se encontró cara
a cara con Valentin Horvath, su exmarido, fue una conmoción.
Según la agencia que los había emparejado, estaban hechos
el uno para el otro al cien por cien. Lo cierto era que la mutua
atracción que sentían seguía viva. Sin embargo, ¿hundirían ese
nuevo matrimonio todos los secretos y malentendidos que habían bombardeado el primero o conseguirían salvarlo?